Der gefälschte Tod

© 2013 Ariana Rüßeler
Umschlag: art info point – Berlin
Foto: Ariana Rüßeler (Villa Oppenheim, Berlin-Charlottenburg)
Unterstützung bei Lektorat und Korrektur:
Textstudio Nord – Ellingstedt
Herstellung und Verlag:
BoD - Books on Demand, Norderstedt
ISBN 978-3-7322-3957-3

Bibliografische Information der Deutschen Nationalbibliothek :

Die Deutsche Nationalbibliothek verzeichnet diese Publikation in der Deutschen Nationalbibliografie; detaillierte bibliografische Daten sind im Internet über www.dnb.de abrufbar.

Ariana Rüßeler

Der gefälschte Tod

Kunst. Krimi. Berlin

Die Autorin

Ariana Rüßeler M.A., geboren Ende der 60er Jahre, studierte Kunstgeschichte, Europäische Ethnologie, Grafik und Malerei in Marburg.

Seit 2002 lebt sie mit ihrem Mann und ihren zwei Söhnen in Berlin.

PROLOG

Vier Originale Steinhauers entdeckt:
Privatier möchte Bilder der
Berliner Sammlung schenken

New York/Berlin. Diese Woche meldete sich ein Privatmann aus den USA, um der *Sammlung Steinhauer* (ehemals *Museum Neuhaas*) in Berlin vier Bilder des expressionistischen Berliner Malers Karl Steinhauer (geb. 1903, gest. 1988) stiften möchte. Sie seien Teil des Nachlasses der Mutter des Privatiers, welche die Gemälde von ihrem ehemaligen Arbeitgeber geerbt habe. Die Echtheit der Bilder wurde nach Angaben des Museums von Experten zweifelsfrei bestätigt. Dies habe ein direkter Vergleich der Gemälde mit Fälschungen, die sich im Besitz des Museums befinden, ergeben.

„Für das ungeschulte Auge sind die Unterschiede nicht erkennbar, aber mit verschiedenen Methoden sind sie eindeutig feststellbar", erklärte Lina Stolze, Direktorin des Museums, der Presse. Es laufen Nachforschungen in den USA, um eventuell noch weitere Originale Steinhauers dort ausfindig zu machen.

2001 war der Sammlung anonym ein Konvolut an Originalwerken des Malers überlassen worden. Damit sieht sich das Museum in der wohl einmaligen Lage, 14 originale Ölgemälde des Malers sowie die dazugehörigen Fälschungen zu besitzen. Eine parallele Hängung ist geplant.

Das ehemalige *Museum Neuhaas* war 1998 wegen Korruptionsvorwürfen gegen seinen Gründer Egbert Neuhaas in die Schlagzeilen geraten. Nach einer vorübergehenden Schließung konnte die Sammlung zunächst unter Schirmherrschaft einer privaten Kunststiftung und später in Kooperation mit der 2003 eingerichteten Forschungsstelle „Entartete Kunst" der Freien Universität Berlin weitergeführt werden.

TEIL EINS

Kapitel eins
Berlin-Charlottenburg, Sommer 1998

Die Fliege krabbelte träge über sein verschwitztes Gesicht, saugte gelegentlich selbstvergessen an einem stehenden oder rinnenden Schweißtröpfchen und putzte sich zwischenzeitlich an fliegentypischen Körperstellen, während lediglich ein leichtes Schnarchen aus dem halbgeöffneten Mund und ein kaum wahrnehmbares Zucken der Augenlider darauf hindeuteten, dass es sich bei dem insektenerforschten Lebewesen um ein tief und fest schlafendes Exemplar der Spezies Homo sapiens handelte.

Lina starrte ihren Chef fünf Minuten lang fasziniert an, ohne eine plausible Erklärung für seine völlige Unempfindlichkeit gegenüber sowohl den kitzelnden Fliegenbeinen als auch dem tastenden Saugrüssel zu finden. Sie hatte sich gerade dazu durchgerungen, den Raum unverrichteter Dinge wieder zu verlassen, als ein lautes Scheppern auf dem Hof ihr Studienobjekt unversehens aus seiner Traumwelt hochschrecken ließ.

Die aufgescheuchte Fliege suchte ihr Heil in der eiligen Flucht durch das geöffnete Fenster, wobei sie kurz den Rahmen streifte, ihre ursprüngliche Flugbahn um fünf Grad korrigierte und dann zielstrebig die Räumlichkeiten der kleinen Druckerei im 1. Stock anflog, wo sie das Schicksal ereilte, zwischen die Druckwalzen zu geraten und aus einem der nächsten Informationsheftchen zum Thema „Vegetarier leben gesünder" als kleiner schwarzer Fleck auf dem Po eines gezeichneten Schweins eine Spezialausgabe zu kreieren.

Max Wollmann ahnte davon nichts und blinzelte die verschwommene Erscheinung an seinem Schreibtisch mit geschwollenen Augenlidern an.

„Ist was passiert?"

„Nein."

Lina stellte eine neue, eisgekühlte Flasche Mineralwasser auf den Tisch und nahm die warm gewordene, kohlensäureentleerte Vorgängerin an sich. „Ich dachte nur, Sie wären an einer kleinen Erfrischung nach Ihrem Nickerchen interessiert."

„Nickerchen?"

Wollmann fuhr sich mit einem grau verfärbten Taschentuch, das sich bereits dem fadenscheinigen Endstadium jeglichen Daseins näherte, über sein juckendes Gesicht. Anschließend kratzte er zwischen zwei Hemdknöpfen einen leichten Bauchansatz, der sich keck über seine ausgewaschene Jeans wölbte.

„Ich habe nicht geschlafen, nur gedöst. Diese Hitze ist ja kaum auszuhalten."

Begierig öffnete er die jungfräuliche Flasche, entließ einen Teil des eingesperrten Gases mit einem satten Zischen in die Atmosphäre und entleerte das Gefäß mit erstaunlicher Geschwindigkeit bis zur Hälfte. Mit einem kleinen Rülpser und dem Wedeln seines durchfeuchteten Stoffstückes scheuchte er Lina energisch aus seinem Reich. Sie schloss wortlos die Durchgangstür und Wollmann ließ sich erneut in seinem Sessel zurückfallen. Ein kurzer Blick auf seine Armbanduhr verriet ihm, was er gegenüber der holden Weiblichkeit verleugnet hatte. In der Tat waren die letzten zwei Stunden im Schlaf vergangen. Abwesend ließ er seinen Blick auf die aktuelle Tageszeitung vor ihm wandern, die stolz verkündete, dass sich die BRD gemäß Washingtoner Erklärung nun dazu verpflichtete, „verfolgungsbedingt entzogene Kunstwerke", die sich noch im Besitz der öffentlichen Hand befanden, an die rechtmäßigen Besitzer oder deren Erben zurückzugeben. Wollmann stand schwankend auf und klappte das Fenster zu, um die Geräusche eines im Hof rangierenden LKWs auszublenden. Manchmal fühlte er sich nicht wie 40, sondern wie 60. Ob da Sport helfen könnte? Wieder zurück auf seinem Sitzplatz beobachtete er durch die Wandglasscheibe seines Büros das Vorzimmer, in dem seine Assistentin Lina Stolze weiterhin geschäftig und unbeeindruckt ihrer Arbeit nachging. Obwohl, Assistentin war eigentlich zu viel gesagt. Lina arbeitete erst seit vier Wochen in seiner Privatdetektei, organisierte den anfallenden Schriftkram, kämpfte sich durch ein nicht vorhandenes Ablagesystem, kochte Kaffee, besorgte auch mal einen Happen zu essen und stellte sich insgesamt sehr geschickt an.

Angetan von den eleganten Bewegungen ihrer schlanken Beine, die momentan trotz der hohen Temperaturen leider in undurchsichtigen, von einem rotierenden Tischventilator in flatternde Schwingung versetzten Leinenhosen steckten, verfolgte Wollmann ihre Schritte zur Fensterbank, wo sie undefinierbare Pflanzen mit geradezu peinlicher Fürsorge und einem Schwall kostbaren Nasses aus der soeben ausgetauschten Flasche bedachte.

Seit Lina für ihn arbeitete, roch es auf dem fensterlosen Klo desinfizierter. Die alte Kaffeemaschine hatte seiner Assistentin eine gründliche Reinigung mit dem Abstellen ihrer furchteinflößenden Gurgelgeräusche gedankt, die in Wollmann bis dato bei jedem Durchlauf alptraumhafte Assoziationen wachgerufen hatten: Klein geschrumpft auf die Größe eines Stecknadelkopfes wurde er von insektenartigen Wesen den Abfluss hintergespült, um dort unaussprechliche Dinge zu erleben. Eine Vision, die ihn in dieser oder jener Variante in den unmöglichsten Situationen überfiel und partout nicht abzustellen war. Er hatte sich an diesen Zustand mittlerweile mehr oder weniger gewöhnt, wenngleich es nicht immer ganz einfach war, seiner Umgebung Blackouts, die bis zu einer Stunde dauern konnten, plausibel zu erklären, ohne dass ein Arztbesuch dringend ratsam schien.

Wie würde ein Psychologe die Inhalte seiner Phantasien wohl deuten? Würde man ihn gleich in die geschlossene Abteilung einweisen und ihm für den Rest seines Lebens nur im Schutzanzug und mit Spritzen bewaffnet gegenübertreten? Wollmann verscheuchte dieses Bild und ließ seinen Blick weiter durch das Büro gleiten. Seine alte Schreibmaschine, die er nach der Anschaffung eines Computers nicht mehr zu benötigen gehofft hatte, die sich aber in vielen Fällen als rettender Anker erwies, wenn das Hightech-Gerät sich unverständlicherweise zierte, die einfachsten Befehle auszuführen, funktionierte wieder prächtig, nachdem Lina mit Hilfe einer Pinzette die dicksten Staubklumpen in akribischer Kleinarbeit aus ihr herausseziert hatte.

Vielleicht sollte ich sie heute mal zum Essen einladen, überlegte Wollmann, kratzte seinen Dreitagebart und verlor sich bereits in utopischen Details, als das Objekt seiner Begierde über die knirschende Sprechanlage eine Klientin ankündigte. Schnell rückte er seine Hemdknöpfe, die er zwecks entspannter Schlafhaltung und in Erwartung eines nahenden Feierabends bereits vorschnell gelockert hatte, zurecht und griff sich das nächstliegende Schriftstück. Als Lina die Tür öffnete und eine Dame namens „Leineweber" hereinließ, legte Wollmann einen schon vor Wochen abgehakten Fall nach nochmaliger eingehender Prüfung lächelnd beiseite und spulte seine gängige Begrüßungs- und Abfrageroutine herunter.

Frau Leineweber, die Wollmann spontan auf Ende vierzig schätzte und die ihre leicht rundlichen Proportionen durch ein perfekt geschnittenes, bordeauxfarbenes Kostüm hervorragend zu kaschieren wusste, kam ohne Umschweife zur Sache.

„Ich leite eine Kunstgalerie hier in Charlottenburg und habe morgen einen Termin mit einer, nun, sagen wir einmal, Händlerin, der ich bereits vor zwei Wochen Bilder abgekauft habe. Inzwischen bin ich zu der Überzeugung gelangt, dass die Bilder gefälscht sind. Ich möchte, dass Sie mein nächstes Treffen mit dieser Frau überwachen und ihr anschließend folgen."

Wollmann krakelte etwas auf einen kaffeeverseuchten Notizzettel.

„Haben Sie Ihren Verdacht gegenüber dieser Frau geäußert?"

„Natürlich nicht!"

Frau Leineweber kniff ihren exakt geschminkten Schmollmund demonstrativ zusammen. Die größere Ansammlung von Falten auf der Stirn, die sie gleichzeitig zur Schau stellte, und das weitgehende Fehlen von Lachfalten rund um die Augen und den Mund ließen auf ein entbehrungsreiches, freudloses Leben in einsamen Höhen auf einer wackligen Karriereleiter schließen. Das Zupfen an ihrem rabenschwarzen Pagenschnitt beschwor bei Wollmann zusätzlich das Bild eines weiblichen Ritters in glänzender Rüstung herauf, der in gestrecktem Galopp seine eigenen Interessen notfalls mit rüder Waffengewalt zu verteidigen wusste.

„Mal abgesehen davon, dass ich von dieser Person weder die Telefonnummer noch die Adresse und nur einen vermutlich falschen Namen kenne, würde ich sie damit nur misstrauisch machen. Außerdem bin ich mir nicht hundertprozentig sicher, ob es sich wirklich um Fälschungen handelt. Wenn Sie bei der Verfolgung der Dame auf eine Fälscherwerkstatt stoßen würden, nun ja … Ein Beweis für die Echtheit der Bilder wäre mir natürlich lieber."

Wollmann ignorierte wunderte sich kurz über die ihm suspekt erscheinenden Geschäftspraktiken seines Gegenübers und fuhr mit seinen Fragen fort:

„Warum schalten Sie nicht die Polizei ein? Soweit ich das sehe, handelt es sich hier um Betrug und die Objekte müssten sichergestellt werden."

Die Galeristin betrachtete ausweichend ihre gepflegten, langen Fingernägel, die passend zum Kleid lackiert waren, und erklärte es ihrem unbedarften Gegenüber.

„Wenn ich den Verlust aus eigener Tasche bezahlen müsste, könnte ich das verkraften. Leider haben die ersten Bilder bereits einen Käufer gefunden, den ich nicht in die Angelegenheit mit hineinzuziehen gedenke. Außerdem wäre mein Ruf sofort ruiniert, wenn bekannt würde, dass ich mit Fälschungen handle."

Wollmann wiegte verständnisvoll sein Haupt.

„Den Namen dieses Kunden werden Sie mir sicherlich nicht nennen wollen?"

„Natürlich nicht. Er ist ganz sicher nicht der Produzent der Fälschungen. Wie ich die ganze Sache mit ihm kläre, müssen Sie schon mir überlassen."

Irrte sich Wollmann oder huschte bei dieser so forsch vorgetragenen Ankündigung ein leicht gehetzter Ausdruck über das Gesicht von Frau Leineweber?

„Was wissen Sie denn über Ihre Lieferantin?"

Der altersschwache Bürosessel im 70er-Jahre-Design protestierte quietschend, als sich Wollmann abwartend zurücklehnte.

Frau Leineweber seufzte und rutschte ihrerseits auf dem unbequemen und von Schweiß klebrigen grünen Kunststoffsessel für Besucher unruhig hin und her. Ihr Kostüm verhakte sich dabei in einer gelösten Metallblende und opferte mit einem unschönen Geräusch einige Fäden.

„Sie nennt sich Frau Moll und hat die Bilder angeblich von ihrem Großvater geerbt, der vor einiger Zeit verstorben sein soll. Einen Herkunftsnachweis besaß sie natürlich nicht, aber sie sagte, ich solle die Bilder in Ruhe prüfen und sie würde sich wieder bei mir melden. Ich befand die Bilder für echt und übergab ihr bei einem zweiten Treffen das Geld in bar. Dann kamen mir allerdings doch Zweifel an der Authentizität der Gemälde und nun bin ich hier."

Erwartungsvoll betrachtete die Galeristin ihren privaten Ermittler, aber dieser sah Lina im Hintergrund bereits ihre Tasche packen und seine Chance auf ein gemeinsames Essen rapide schwinden. Er gab ihr schnell ein Handzeichen, das sie nickend und wartend zur Kenntnis nahm. Etwas abrupt klärte er mit der überraschten Frau Leineweber noch die Details für die auszuführende Überwachung ab, um sie dann galant aus dem Büro hinauszukomplimentieren.

Lina blickte ihren Chef einige Minuten später gespannt an und fuhr sich mehrfach durch ihre kurzen, paprikaroten Haare.

„Ich dachte mir schon, dass Sie mich heute noch würden sprechen wollen. Also, wie kann ich Ihnen weiterhelfen?"

Wollmann stutzte irritiert.

„Helfen? Wieso?"

Nun war es an seiner Assistentin, verdutzt zu blicken.

„Haben Sie keine Fragen bezüglich Frau Leineweber, Galerien im Allgemeinen oder Fälschungen im Besonderen?"

Wollmann sah in seinem Gedächtnis kurz den biografischen Vermerk „Lina Stolze, Kunstgeschichtsstudentin" aus ihrer vor zwei Monaten eingereichten Bewerbungsmappe aufblitzen und ergriff dankbar den unerwartet zugeworfenen Rettungsring.

„Ja, natürlich. Richtig. Vielleicht können wir das bei einem Essen besprechen?"

Man einigte sich schnell auf einen nahe gelegenen Italiener. Wollmann schloss das Büro ab und stakte leicht steifbeinig vom untätigen Sitzen hinter einer leichtfüßigen Lina die zwei Stockwerke hinunter. Das Büro befand sich in einem klotzigen Gewerbehof moderner Bauweise, der im Kiez am Klausener Platz wie ein Fremdkörper wirkte. Umgeben von Altbauwohnungen und einer verschworenen Kiezgemeinschaft, die sich aus Migranten, Intellektuellen, Kreativen und Ökofuzzis, die im Brotgarten oder der Neulandfleischerei einkauften, zusammensetzte, bildeten die Angestellten im Gewerbehof eine Minderheit, die in den Kiez zum Arbeiten kam, aber nicht hier wohnte. Bevor Wollmann und Lina die Flucht ergreifen konnten, steuerte Hausmeister Walter Kalinke, energisch eine der grauen Restmülltonnen hinter sich herzerrend, auf sie zu.

„Tach, Herr Wollmann. Schon so früh Feierabend?"

Auch Lina begrüßte er nickend.

„Es ist fünf Uhr, Herr Kalinke, durchaus übliche Feierabendzeit", erwiderte Wollmann und quetschte sich am stark müffelnden Abfallbehältnis vorbei.

Kalinke, der seine extreme Kurzsichtigkeit mit einem schon vor Jahrzehnten aus jedem halbwegs modebewussten Optikerladen verbannten Hornbrillengestell zu mildern versuchte, während exakt gelegte Haarsträhnchen nur mühsam gegen das weite Feld seiner Glatze anzukämpfen vermochten, tastete nach Wollmanns rechtem Arm.

„Waaten Se mal, Herr Detektiv. Ich hab' schon wieda Coladosen im Restmüll gefunden, waren Sie dat etwa? Die gehören in den gelben Sack, dat wissen Se doch!"

Wollmann runzelte in gespielter Empörung die Stirn.

„Herr Kalinke, ich würde doch niemals ... Ich kenne doch die Müllverordnung, Herr Kalinke. In die grüne Tonne den Biomüll, in die blaue das Papier ..."

Kalinkes Vorsatz der Täterüberführung geriet sichtbar ins Wanken, aber schon näherte sich ein neues Opfer dem Verdächtigenkreis. Die quirlige Zahnarzthelferin aus der Praxis im dritten Stock kam pfeifend mit zwei prall gefüllten Mülltüten die Treppe hinunter geeilt und lief Kalinke nichts ahnend direkt in die Arme.

Wollmann zog Lina schnell aus dem hausmeisterlichen Wirkungsbereich.

„Letztens musste Frau Salbei den ganzen Praxis-Abfall im Hof ausbreiten und Kalinke konnte sich zwei Stunden lang nicht entscheiden, wohin die benutzten Einwegspatel gehörten. Eine unglaubliche Sache. Von immanenter Bedeutung für das Weiterbestehen der menschlichen Rasse."

Lina lachte und nach der Bestellung von Pizza Funghi für sich und Bauernsalat für Wollmann begann sie umgehend mit ihren Ausführungen.

„Also, die Galerie Leineweber kränkelt schon seit längerem. Eigentlich liegt dort nur Durchschnittsware des 20. Jahrhunderts zum Verkauf. Die spärlichen Vernissagen zeitgenössischer Künstler sind auch nicht gerade der große Hit. Vor drei Monaten war es ein ukrainischer Bildhauer, der zusammen mit seinen zwei brasilianischen Lebensgefährtinnen ein Happening mit Eat-Art und Lehm veranstaltete. Gab eine ganz schöne Schweinerei, wie ich gehört habe. Und verkauft haben sich nur einige kleinere Objekte, ich glaube in Ton gebrannte Kakerlaken mit Zitronenscheiben zwischen den Beinen. Da möchte man als Kunstinteressierter doch gerne erfahren, um welche Art Fälschungen es sich im Zusammenhang mit dieser Galerie handeln soll."

„Was hat Frau Leineweber Ihnen denn erzählt?", blockte Wollmann erst mal ab und hielt misstrauisch nach Krabbelgetier und beweglichen Zitrusfrüchten in seinem Salat Ausschau. Sie hatten sich für einen Platz auf dem Gehweg entschieden und gelegentlich fand ein trockenes Blatt der Pappeln neben ihnen seinen Weg auf ihren Tisch. Nicht auszuschließen, dass die eine oder andere Raupe daran klebte.

„Nur ganz allgemein, dass es um Fälschungen und eine Beschattung geht. Verraten Sie mir mehr?"

„Nun ja, über alles kann ich mich natürlich nicht auslassen, aber stellen Sie ruhig Fragen, dann entscheide ich, inwieweit ich Sie einweihen darf." Mutig stach Wollmann seinen Salat an, während Lina ihren ersten Schnitt setzte.

„Von welchem Künstler sollen die Fälschungen stammen? Und wie hat Frau Leineweber gemerkt, dass es welche sind? Ließ sie naturwissenschaftliche Untersuchungen an den Bildern durchführen? Infrarot? Röntgenstrahlen? Streiflicht? Hatte sie keine Provenienzangaben oder waren die auch gefälscht? Und was hat sie eigentlich dafür bezahlt?" Ungeachtet ihres Wortschwalls arbeitete Lina intensiv an der Verwertung ihres Essens, so dass Wollmann zu seiner Erleichterung keine Veranlassung sah, einem wissbegierigen Blick ausweichen zu müssen. Er sah große Lücken in seinem Informationsgespräch mit der Galeristin klaffen, die bei nächster Gelegenheit schnellstens zu füllen waren. Tatsächlich war er richtiggehend schlampig vorgegangen bei der Unterhaltung mit der Kunsthändlerin und ausgerechnet die Kunstgeschichtsstudentin, um deren Willen er sich so amateurhaft verhalten hatte, musste ihn darauf stoßen.

Ein hektischer Kellner ließ etwas Rotwein auf ihren Tisch schwappen und verschaffte Wollmann zwischen Aufwischen und mehrfach gemurmelten Entschuldigungen eine kurze gedankliche Verschnaufpause. Schließlich ließ er nach kurzem inneren Kampf den Chef heraushängen und verkündete seiner einzigen Angestellten:

„Wissen Sie was, Lina, Sie dürfen bei der Observation morgen mit dabei sein und ich werde Ihre Fragen dann beantworten, okay?"

Misstrauische braune Augen fixierten ihn, während die Wangen munter Teig verschoben.

„Meinen Sie das ernst?"

„Natürlich."

Wollmann angelte geschickt nach einer schwarzen Olive und hievte sie zusammen mit einer tropfenden Tomatenscheibe auf seine Gabel. Zwei kleine Fruchtfliegen in der Sauce fielen nicht weiter auf.

„Wir führen das gemeinsam durch. Sie und ich. Wenn Sie langfristig bei mir arbeiten wollen, müssen Sie ja auch die Routine außerhalb des Büros kennen lernen."

Die Augen blickten weiterhin skeptisch, gaben sich mit dieser Eröffnung aber zunächst einmal zufrieden.

Glück gehabt, du Idiot, dachte Wollmann. Das gibt dir Gelegenheit noch einmal bei der Galeristin nachzuhaken und Lina morgen unauffällig auszuhorchen. Die junge Dame schien über den Kunstmarkt gut Bescheid zu wissen und konnte sich noch als wertvolle Quelle erweisen.

Die Galerie Leineweber residierte in einem typischen Altbau der Leibnizstraße nicht unweit des Ku'damms. Sie zeichnete sich durch eine großzügige und gut geputzte Glasfront aus, deren rechtes Drittel durch geschlossene Jalousien die Lage der Büro- und Lagerräume andeutete. Innen war ein pflegeleichtes, farblich auf Apricot und Hellblau abgestimmtes Einrichtungsensemble auszumachen sowie zwei schwarze Ledergarnituren, die mit hängenden, stehenden oder auch liegenden Kunstobjekten um die Gunst der Kunden buhlten. Der nicht mehr ganz taufrische weiß-graue Putz an der Außenfassade bröckelte an einigen Stellen leicht, ansonsten empfand Wollmann das Geschäft als durchaus vertrauenerweckend. Die Galerie schien Kundschaft nicht wirklich anzuziehen, denn der erste Interessent des Samstages verirrte sich erst lange nach 16 Uhr dorthin. Wollmann, dem die sommerlich heißen Temperaturen im Wagen trotz Schattenplatz, heruntergefahrener Fensterscheiben und auf Hochtouren laufendem Handventilator arg zu schaffen machten, gähnte herzhaft, knipste den Kunden mehrmals, obwohl er keinesfalls die von Frau Leineweber beschriebene Lieferantin sein konnte, und nippte anschließend weiter an einem lauwarmen Eistee, der der geschmacklichen Konsistenz eines Fußbades inzwischen vermutlich gefährlich nahe kam. Lina trommelte ungeduldig mit ihren Fingern auf dem Armaturenbrett herum oder zupfte ihr T-Shirt zurecht.

„Ich will ja nicht destruktiv erscheinen, aber wir sitzen hier jetzt schon eine Ewigkeit. Ich zerfließe. Mein Rücken ist klatschnass. Wann sollte die Aktion noch gleich starten?"

Wollmann gab sich kulant.

„Irgendwann im Laufe des Tages."

„Bis jetzt hätte ich ohne Probleme ein ganzes Referat ausarbeiten können. Und das zu einem der schwierigen Themen", stichelte Lina unbeeindruckt von seiner Kunst der diplomatischen Zeitangabe. Wollmann gab die zusätzlichen Informationen, die er am vorhergehenden Abend noch telefonisch aus der Galeristin hatte herauskitzeln können, an Lina weiter. Es handelte sich bei den vermeintlichen Fälschungen um sehr gut erhaltene, expressionistische Frauenakte des Berliner Malers Karl Steinhauer, Jahrgang 1903, der 1988 verstorben war und die Werke zwischen 1930 und 1932 ausgeführt haben sollte. Frau Leineweber hatte alle Bilder der Lieferantin anhand eines kleinen Ausstellungskataloges seiner damaligen Galerie und eines zeitgenössischen Bildbandes zum Thema „Unbekannte Deutsche Expressionisten" zwar identifizieren können, allerdings waren sie letzterer Publikation zufolge mit größter Wahrscheinlichkeit – wie so viele Werke anderer Künstler ab 1937 auch - von den Nationalsozialisten beschlagnahmt und vernichtet worden. Weiterhin hatte die geschäftige Frau den Sohn des Malers ausfindig gemacht, der eine Beschlagnahmung bestätigen konnte.

Es bestünde natürlich die vage Möglichkeit, dass die Bilder nicht vernichtet worden seien, hatte die Galeristin mehr als skeptisch eingeräumt, aber wenn auch die angebotene zweite Lieferung der außerordentlich gut erhaltenen Bilder geschlossen über einen weiteren Ausstellungskatalog der damaligen Zeit zu bestimmen sein sollte, könnte man ziemlich sicher von Fälschungen ausgehen. Wollmann hatte an dieser Stelle allwissende Zustimmung signalisiert, obwohl ihm die Argumentation keineswegs einleuchtete. Lina klärte ihn auf:

„Es ist unwahrscheinlich, dass die Bilder so vollständig und in so guter Qualität erhalten sind, es sei denn, sie hätten bereits früh den Weg zu einem Sammler gefunden, der die Geschlossenheit der Sammlung bis heute hätte aufrechterhalten können. Angeblich sollen sie laut Frau Leineweber aber, wie Sie vorhin erwähnten, von einem armen ehemaligen Freund des Malers und angeblichen Großvater der Lieferantin stammen, der Teile in Zeiten der Not bestimmt verkauft hätte. Außerdem wird die angebliche Freundschaft in der Vita Steinhauers nach Aussage der Galeristin überhaupt nicht erwähnt. Das muss allerdings nicht viel bedeuten, und wenn Sie wollen, kann ich das noch mal nachrecherchieren."

Wollmann stimmte zu und suchte in seiner Jackentasche nach den relevanten Notizen.

„Hier sind die Angaben zu den zwei Büchern, die Frau Leineweber herangezogen hat. Ich hoffe, ich habe alles halbwegs lesbar aufgeschrieben."

Lina warf einen flüchtigen Blick auf den verknautschten Zettel und startete einen längeren Vortrag über die Regeln des Kunsthandels im Allgemeinen, über die Wichtigkeit des geschulten Auges, die Fehlbarkeit von Expertisen und andere kunstbezogene Dinge, die Wollmann nur verwirrten und in ihm die Überzeugung reifen ließen, dass es sich bei Kunst nicht unbedingt um ein sauberes Geschäft handelte.

Lina zog einen Stapel Papiere aus ihrer Tasche und begann aus einem juristischen Text zu zitieren: „Das legitime Interesse des einzelnen oder der Allgemeinheit, Kunstfälschungen aufzudecken, erfordert Fingerspitzengefühl und Rechtskenntnis, da nicht minder schutzwürdige Interessen des Eigentümers, Kunsthändlers und anderer tangiert werden, für die bereits die bloße Behauptung, bei dem in ihrem Eigentum oder Besitz (z. B. in Kommission) befindlichen Kunstwerk handle es sich um eine Fälschung, mit erheblichen wirtschaftlichen oder gar unwiederbringlichen Reputationsverlusten verbunden sein können. Wer eine Fälschung behauptet, muss sich vergegenwärtigen, dass er sich zivil- und strafrechtlich empfindlichen Haftungsrisiken aussetzt. Der Eigentümer eines Kunstwerkes wird nicht widerspruchslos hinnehmen, dass sein Eigentum als Fälschung deklassiert wird ..." Irgendwann stellte Wollmann seine Ohren auf Durchzug. Zwanzig Minuten später beschränkten sich beide auf das höfliche Austauschen der Thermoskanne und den Verzehr diverser, aus ernährungswissenschaftlicher Sicht äußerst bedenklicher Nahrungsmittel.

Lina wollte gerade über den möglichen Marktwert der Bilder spekulieren, als eine etwa dreißigjährige blonde Frau mit einem größeren, gerollten Paket unter dem Arm den Laden betrat.

„Das wird sie sein", vermutete Wollmann und zückte seine Kamera.

Lina hielt sich am Türgriff fest.

„Ist das aufregend!"

Wollmann sah alarmiert die Straße auf und ab.

„Aufregend ist, dass wir gar nicht registriert haben, wo die Frau hergekommen ist. Haben Sie ein Taxi gesehen oder hat sie weiter hinten geparkt?"

Lina wirkte überfragt. „Ehrlich gesagt ..."

„Na wunderbar", Wollmann verzog finster sein Gesicht. „Teil eins der Observation ist schon mal fehlgeschlagen. Sie haben mich mit Ihrem Gefasel über Kunst ganz konfus gemacht."

Lina setzte zu ihrer Verteidigung an, verkniff sie sich aber, als das anvisierte Subjekt den Laden ohne Paket wieder verließ und flotten Schrittes die Pestalozzistraße Richtung Wilmersdorferstraße hinuntereilte.

Die Galeristin tobte zwei Stunden später nicht ganz zu unrecht.

„Sie ist Ihnen entwischt, weil Sie mit dem Auto nicht in die Fußgängerzone fahren konnten und Sie die Frau nur noch in einem Kaufhaus verschwinden sahen?"

„Sie haben nicht erwähnt, dass sie zu Fuß kommen würde", verteidigte sich Wollmann schwach.

„Kann ich hellsehen?", zischte Frau Leineweber. „Also, wenn sie Ihnen bei der Geldübergabe in drei Tagen auch davonläuft, sehen Sie von mir keinen Pfennig."

„Okay, okay!", beschwichtigte Wollmann. „Vielleicht können wir inzwischen mal bei dem Sohn des Malers recherchieren. Wenn Sie mir die Adresse ..."

Frau Leineweber blätterte verstimmt in ihrem dekorativen Karteikasten aus edlem Tropenholz und zog zielsicher ein hellgrünes Kärtchen heraus.

„Herr Öttinger hat mir bereits telefonisch bestätigt, dass die unverkauften Gemälde aus der Ausstellung von 1932 Jahre später aus Steinhauers Atelier abtransportiert und vermutlich verbrannt worden sind. Öttinger kann sich da allerdings nur auf die Aussagen seiner Mutter berufen, da sein Vater anscheinend zu diesem Thema später immer geschwiegen hat. Die Bilder in realistischem Stil, die Steinhauer bis 1945 auch gemalt haben soll, hat er nach dem Krieg wohl alle eigenhändig vernichtet, so dass nur Bilder aus der Nachkriegszeit erhalten sind. Gustav Öttinger selbst besitzt überhaupt keine Werke seines Vaters mehr. Ich glaube auch kaum, dass er etwas mit den Fälschungen zu tun hat. Sie werden schnell merken, warum. Was meine Ergebnisse nach Begutachtung der neuen Bilder angeht …", sie tätschelte schlaff die verschnürte Rolle, „ich rufe Sie an."

„Besten Dank."

Wollmann notierte sich die Adresse Öttingers am Ufer des Lietzensees und der helle Ton eines Tür-Glöckchens begleitete Chef und Assistentin heiter ins Freie.

Die Entscheidung, Lina mit zu Öttinger zu nehmen, traf Wollmann nur, weil er darin eine Chance witterte, sein durch die verpatzte Observation angekratztes Image wieder aufzubessern. Insgeheim hoffte er, Öttinger trotz besseren Wissens und entgegen seinem Gefühl als Drahtzieher der Fälschungen entlarven zu können. Die damit verbundene Euphorie ließ ihn die Schmach der Vormittagsaktion schnell vergessen.

Der alte Herr wohnte im Erdgeschoss eines Wohnhauses aus den 30er Jahren und ließ das ungleiche Gespann nach der Formulierung eines ersten Einlasswunsches nur widerstrebend in sein heiliges Reich.

„Was wollen Sie denn von mir?", schnarrte es über die veraltete Sprechanlage. „Diese Frau Lakenweber hat mich doch bereits belästigt!"

„Ich hätte da noch ein paar Fragen zu Ihrem Vater!", spezifizierte Wollmann sein Ansinnen und pausierte zwecks theatralischer Wirkung seines nachfolgenden Satzes eine halbe Sekunde. „Vielleicht würden Sie die aber lieber der Polizei beantworten?"

Der Bluff wirkte und ein Summen ertönte. Das Treppenhaus empfing sie mit einem Duft nach starken Reinigungsmitteln und einer Hausordnung von 1968, deren Aktualität hier niemand in Abrede zu stellen schien. Die Farbgestaltung der Wände ließ auf Nachkriegspigmente schließen und die winzigen, gelben Butzenscheiben der Flurfenster ließen nur diffusen Lichteinfall zu. Eine rosa bekittelte Frau von etwa Mitte sechzig mit müden, kleinen Augen, leichtem Damenbart und schlurfendem Gang öffnete ihnen wortlos die stahlverstärkte Holztür zur Wohnung und führte sie durch einen dämmrigen Flur in das Wohnzimmer.

„Sie können dann jetzt weiter Obst einlegen, Frau Seelbach!", herrschte Öttinger ihr in die Küche hinterher. „Und vergessen Sie nicht wieder die Hälfte der Steine!"

Lina bedauerte die Haushälterin spontan, zumal sie im Halbdunkel einen ersten Blick auf den Arbeitgeber erhaschen konnte. Öttinger war selbst etwa sechzig Jahre alt, klein und verhutzelt. Er umgab sich mit altertümlichen, staubwedellechzenden Eichenmöbeln, vergilbten, düsteren Brokatvorhängen, allerlei merkwürdigen Waffen in mahagonifurnierten Vitrinen, gravierten Zinntellern an den Wänden, morschen Jagdtrophäen auf diversen Regalbrettern und ungelüfteter Atmosphäre. Wahrscheinlich war das hier Sperrzone für seine gute

Hausfee, vermutete Lina und unterdrückte ein staubbedingtes Niesen.

Über dem grünlich gelb changierenden Gründerzeit-Sofa hing der obligatorische röhrende Hirsch vor alpiner Landschaft und Öttinger fuchtelte stehend gleich mit seinem hölzernen Krückstock in diese Richtung.

„Das ist noch wahre Kunst!"

Lina konnte sich ihn ohne große Anstrengung mit einer braunen Gegenwart vorstellen, enthielt sich aber jeglichen Kommentars. Wollmann brummelte nichtverständliche Floskeln und wollte seine Fragen loswerden, aber Öttinger ließ ihn gar nicht erst zu Wort kommen.

„Das, was mein Vater produziert hat, war Schund, nichts als Schund. All diese widerlichen Frauenakte in den unmöglichsten Positionen und Farben. Ekelhaft. Gerade einmal drei Ausstellungen hat er in seinem Leben zustande gebracht. Dann diese Motive und erst recht sein Malstil, na, Sie können sich ja denken, wohin das seinerzeit geführt hat. Durchaus berechtigt, wie ich finde."

Er ließ sich grunzend auf sein Sofa fallen, dessen uralte Sprungfedern nur so nach der Letzten Ölung kreischten, und begann mit den Zipfeln seiner beigefarbenen, lederbesetzten Strickjacke die dicken Gläser seiner altmodischen Brille zu putzen, die Kalinkes Modell im Design nicht nachstand.

„Meine Mutter Elfriede, Gott hab sie selig, hat er in den Tod getrieben, damals, als sie eine schwere Lungenentzündung hatte und trotzdem Modell sitzen musste, die arme Frau. Und mich, mich hat er nicht ein einziges Mal porträtiert, nicht ein einziges Mal!"

Öttinger hob erneut seine Gehhilfe und pickte damit in Richtung Wollmann, der mit Lina unauffällig stirnrunzelnde Blicke austauschte.

„Man soll ja über Tote nichts Schlechtes sagen und über den eigenen Vater schon gar nicht. Aber ich bin froh, dass er tot ist und keine Frauen mehr quälen kann. Dieser, dieser ... entartete Mensch. Meinen Sie etwa, ich würde von dem noch Bilder in die Welt setzen? Ich bin dankbar, dass ich den ganzen Ramsch nach seinem Tod so schnell losgeworden bin."

Wollmann verlagerte sein Gewicht von einem Bein auf das andere, um sich für eine Unterbrechung dieses Redeschwalls zu wappnen, und blickte entsetzt auf das lautlos brüllende Wildtier, das plötzlich von kleinen Insekten umschwirrt wurde, die explosionsartig aus einer unsichtbaren Stelle an der Rückwand des Sofas aufzusteigen schienen.

„Können Sie sich noch daran erinnern, an wen Sie den Nachlass Ihres Vaters verkauft haben?" Wollmann kämpfte gegen eine aufsteigende Übelkeit an und näherte sich vorsichtig einem der Wohnzimmerfenster.

„Nachlass!", schnaubte Öttinger und scharrte mit seinen dunkelgrünen Filzpantoffeln über eine blankgescheuerte Stelle auf dem Dielenboden. „Verdorbene Schmierereien in Öl und unanständige Zeichnungen. Trocken Brot mussten wir meistens essen, damit er sich seine teuren Farben und Leinwände leisten konnte, da durfte es immer nur das Beste vom Besten sein. Und produziert hat er doch nur Mist, den ihm keiner abkaufte. Meine Mutter musste schneidern, bis ihr die Finger bluteten, damit wir überhaupt ein Dach über dem Kopf hatten!"

Erhitzt angelte sich Öttinger ein blau-weiß kariertes Stofftaschentuch aus der Tasche seiner verbeulten dunkelgrauen Cordhose und tupfte sich säuerlich riechenden Schweiß von der Stirn.

„An wen ich das ganze Zeug verkauft habe, wollen Sie wissen? Mein damaliger Anwalt Egbert Neuhaas hat den Verkauf abgewickelt."

Wagemutig reckte Öttinger sein faltiges Kinn vor und umklammerte trotzig den Griff seines Krückstockes. Ein dicker goldener Siegelring hielt die Haut am Knochen eines seiner Finger fest.

„Wenn ich mal sterbe, ist auf jeden Fall alles geregelt, da muss sich niemand mit meinem Nachlass herumschlagen, das geht alles an die Stiftung für Kriegsveteranen."

Wollmann kühlte seine Stirn an der Fensterscheibe und schaute sich teilnahmslos das Spielplatztreiben auf der gegenüberliegenden Seite des Lietzensees an.

„Haben Sie denn keine Kinder oder Enkel?"

„Pah!", Öttinger brachte erneut die Sofafedern in quietschende Schwingung und stand knackend auf. Das hinterlistige Mottengeschwader wechselte zu den Vorhängen hinüber.

„Ich habe mein Leben bis zur Frühpensionierung voll und ganz meiner Arbeit beim Finanzamt und meinen Vereinstätigkeiten gewidmet, da war kein Platz für eine Frau und Kinder."

Ein blässlicher Wollmann versuchte die alten Doppelfenster aufzureißen, scheiterte jedoch an den verzogenen Holzrahmen. „Was zum Teufel …", Öttinger hatte sich erhoben und drückte den Fensterspalt mit seinem Stock wieder zu. Wollmann fasste dies als Stichwort zum Verlassen der Wohnung auf, musste jedoch noch eine Frage loswerden.

„Warum heißen Sie eigentlich nicht auch Steinhauer, Herr Öttinger?"

„Öttinger ist der Mädchenname meiner Mutter, damit kann ich reinen Gewissens leben, ohne ständig an diese Missgeburt eines Vaters erinnert zu werden, und jetzt raus hier!" Öttingers Stock kam gefährlich nahe an Wollmanns Gesicht heran.

Die Hausdame kam zu spät angeächzt, um den beiden ungebetenen Besuchern noch rechtzeitig die Tür öffnen zu können.

„Was für ein arrogantes Schwein. Das war ja kaum auszuhalten!" Draußen ließ Lina ihrem bedenklich angestauten Ärger Luft.

Wollmann unterbrach das fahrige Begutachten seiner Kleidung im Hinblick auf krabbelndes Kleingetier für einen kostbaren Moment und schloss leicht zittrig den Wagen auf.

„Da muss ich Ihnen Recht geben. Allerdings glaube ich nicht, dass er die Fälschungen in Auftrag gegeben hat, der würde sich eher einen Finger abhacken." Er ließ sich vorsichtig auf den Fahrersitz seines Golfes gleiten und klammerte sich am Lenkrad fest, während Lina weitere unfeine Ausdrücke für Öttinger fand. Nur langsam kehrte die natürliche Gesichtsfarbe zurück in Wollmanns Antlitz.

Kapitel zwei

Tagebuch (Auszüge) Elfriede Maria Steinhauer, geb. Öttinger , 12.04.1930 bis 26.12.1930

12.4.1930
Dies ist meine erste Tagebucheintragung. Eigentlich wollte ich so etwas ja nie machen, aber jetzt bin ich stolze Ehefrau, und ich denke, es wäre ein schönes Geschenk an eine Tochter, die ich hoffentlich einmal haben werde. Mein gedanklicher Nachlass

sozusagen. Ich könnte ihn ihr zum Geburtstag schenken oder mit in das Erbe einfließen lassen.

20.4.1930

Ich glaube nicht, daß ich einen bestimmten Zeitrhythmus bei den Eintragungen einhalten werde. Das Buch wird anklagend in meiner Schreibtischschublade liegen, und gelegentlich werde ich hoffentlich daran denken. Und das Wichtigste habe ich gleich zu Anfang vergessen: Es war eine wunderschöne Hochzeit. Fast alle meine und auch Karls Verwandten waren da. Nur schade, daß unsere Eltern sie nicht mehr erleben konnten. So wunderschöne Geschenke haben wir bekommen. (Nun ja, über Tante Gerdas Vasen-Beitrag in Form eines blumenspeienden Delphins lässt sich natürlich streiten.) Meine Aussteuer habe ich jetzt auf jeden Fall zusammen. Es gab Spanferkel und Würste in rauen Mengen, Berge von Kartoffelpüree und Türme von Gemüse. Die dreistöckige Hochzeitstorte war mit Marzipan ummantelt, und ich habe alleine drei Stück davon gegessen. Sogar ein Photograph war da und hat uns alle abgelichtet. Ach, ich liebe Karl so sehr, ich könnte es nicht ertragen, jemals von ihm getrennt zu werden!

22.4.1930

Jetzt muss ich doch auch noch beschreiben, wie ich meinen Karl überhaupt kennengelernt habe. Also, liebe Tochter, das war vor knapp einem Jahr in Frankreich. Meine Eltern hatten damals noch die Hoffnung, das Leiden meines Vaters mit einer Kur heilen zu können. Leider wirkungslos, wie ich Dir später einmal näher erläutern werde. Im Moment scheint mir dies nicht der passende Zeitpunkt für traurige Geschichten. Also, ich machte Urlaub mit meinen Eltern in diesem winzigen Kurort (ich kann mir den Namen nicht merken und aussprechen schon gar nicht, da wirst Du Deinen Vater später einmal fragen müssen) in der Provence. Es war ein wunderbarer sonniger Frühlingstag. Papa hatte seine Anwendungen gerade hinter sich und hielt sein wohl-

verdientes Nachmittagsschläfchen. Wie immer zu dieser Stunde unternahm ich mit Mama einen Spaziergang durch den Ort und die umliegende Natur. Wir standen gerade vor einer Bäckerei und freuten uns an den ausliegenden Köstlichkeiten, als ein junger Herr mit ziemlichem Tempo auf einem Fahrrad um die Ecke gesaust kam und mich zu Boden riss. Wer das war, kannst Du Dir sicher denken ... Dein Vater durchquerte Frankreich zu Studienzwecken damals zusammen mit seinem besten Freund, Levin. Alles Weitere ergab sich dann wie von selbst, zumal Mama - Gott hab sie selig - gleich sehr angetan von Karl war. Tja, und nun haben wir also geheiratet, wenngleich beide ohne elterlichen Beistand. Gott gebe, daß Dir dies erspart bleibt!

1.5.1930

Und plötzlich geht alles so schnell. Karl hat ein einjähriges Stipendium an der Preußischen Akademie der Künste erhalten, und in einer Woche ziehen wir nach Berlin!!! Ein bisschen werden mir das Landleben und meine Freunde ja schon fehlen, andererseits ist es ja nur etwa 30 Kilometer entfernt. Und Karl hat ja lange genug in der Stadt gelebt, um sich auszukennen. Hans und Gertrud (Karls Bruder und Schwägerin) sind wohl auch ganz froh, daß wir jetzt endlich auf eigenen Beinen stehen werden und sie uns nicht mehr mit durchfüttern müssen. Seiner Gemäldemalerei haben sie noch nie etwas abgewinnen können, diese Kunstbanausen. Karls Arbeit als Maler hat uns ja nur das Nötigste eingebracht. Andererseits gehen ihnen zwei Arbeitskräfte auf dem Hof verloren, aber ich muss endlich nicht mehr früh aufstehen, um die Kühe zu melken!

17.6.1930

Wir haben uns gut eingelebt in unserer eigenen kleinen Wohnung, nicht weit entfernt vom Brandenburger Tor und von der Akademie am Pariser Platz. Der Tiergarten ist auch ganz in der Nähe, und wir gehen dort häufig spazieren. Wir haben eine schö-

ne helle Dachwohnung, wenngleich das Treppensteigen manchmal schon mühsam ist. Es wohnen mit uns zwölf Parteien im Haus. Auf unserer Etage gibt es ein älteres Ehepaar, von dem der Mann pflegebedürftig ist, so daß man seine arme Frau nur selten durchs Treppenhaus huschen sieht. Ich habe ihr angeboten, für sie einkaufen zugehen, wenn sie denkt, sie kann ihren Mann gerade nicht alleine lassen. Sie will es sich noch überlegen, wahrscheinlich hat sie Angst, daß ich dafür Geld möchte. Aber für so etwas nehme ich doch kein Geld! Unter uns wohnt ebenfalls ein junges Ehepaar, aber sie werden bald ausziehen, wie sie mir neulich hochnäsig verkündete, ihr Mann erreiche demnächst einen hohen Posten in der Partei, da wäre dieses Haus nicht mehr standesgemäß. Arrogante Gans. Ich bin froh, daß sie ausziehen. Findet Karl auch. Er ist auf diese gewisse Partei ja eh nicht gut zu sprechen. Ein echter Glücksfall ist Rosie, die uns gegenüber wohnt. Sie versorgt ihre taube Mutter und ihren minderjährigen Bruder, der als Lehrling in einer Buchhandlung seines Onkels arbeitet, durch Schneiderarbeiten. Sie hat drüben ein richtiges kleines Studio, und häufig kommen sehr vornehme Damen zu ihr, um sich von ihr eine neue Garderobe schneidern zu lassen. Sie hat versprochen, mir alles beizubringen, damit ich mir auch etwas hinzuverdienen kann, aber ich befürchte, im Moment reicht es gerade fürs Knöpfeannähen und Saumabstecken.

25.7.1930

Karl verbringt fast mehr Zeit in der Akademie als zu Hause. Und wenn er hier ist, malt er wie besessen. Das Geld für das Stipendium reicht so gerade eben, es ist doch alles wesentlich teurer in der Großstadt als auf dem Lande.

1.8.1930

Gestern war Premiere. Karl hat mich das erste Mal nackt gemalt. Zu Studienzwecken, wie er augenzwinkernd erklärte. Du brauchst gar nicht zu erröten, liebe Tochter. Es war nichts Unan-

ständiges dabei. Ich habe mich zwar erst ein wenig geniert, aber im Schlafzimmer oder im Bad sieht er mich doch auch so, wie mich der Herrgott schuf. Es war ein warmer Tag, die Sonne schien auf meinen Bauch und kitzelte mich. Das unbewegliche Sitzen strengt mich zwar an, aber ich bin sicher, ich werde mich daran gewöhnen. Es schmeichelt mir, so viel Aufmerksamkeit zu bekommen. Wenn ich da andere Frauen höre ... Das Schneidern klappt jetzt schon ganz gut, und ich habe mir mein erstes eigenes Kleid genäht.

3.9.1930
Der erste Akt von mir ist fertig. Er ist wunderbar geworden. Ich bin sehr stolz auf Karl. Ich habe ihm sein Lieblingsessen gekocht, und wir haben uns einen Besuch in der Nationalgalerie geleistet, wo wir so viele Bilder gesehen haben, daß mir jetzt noch der Kopf schwirrt. Vielleicht hängen seine Bilder auch irgendwann dort, wer weiß? Auf jeden Fall plant er seine erste eigene Ausstellung in einer Galerie hier in der Stadt.

5.10.1930
Rosie hat mir gestern einen Kuchen zu meinem Geburtstag mitgebracht und ein wunderschönes Halstuch. Karl war gerade am Bahnhof, um Hans und Gertrud abzuholen, die ich natürlich auch eingeladen habe. So hatte Rosie Zeit, sich das erste Mal in Ruhe das Aktbild von mir anzusehen, ohne daß Karl in der Nähe war. Sie legte den Kopf schief, überlegte bestimmt fünf Minuten, bevor sie mich mit dem Bild verglich, dann lachte sie los. „Elfi mein Schatz, ich wusste gar nicht, daß Du grüne Beine hast!" Ich lachte mit ihr, und eine ganze Zeitlang kicherten wir noch herum, bevor Rosie wieder ernst wurde. „Ich habe keine Ahnung von Kunst", erklärte sie. „Aber ich muss Dir ehrlich sagen, die anderen Bilder von Karl gefallen mir besser. Ich möchte einfach auf einen Blick erkennen, was dargestellt ist. Aber sag bloß Karl nichts, sonst hält er mich für total dumm!" Das gab mir schon einen kleinen Stich. Ich dachte immer, Rosie mit ihrem

ausgezeichneten Sinn für Formen und Farben bei ihren Schneiderarbeiten würde die Bilder verstehen, aber ich habe nichts weiter dazu gesagt und alle kritischen Bilder in den Schrank gestellt. Schließlich hatte ich keine Lust, sie auch den Blicken von Gertrud und Hans auszusetzen, zumindest nicht, solange Karl es nicht vorhat. Es wurde noch ein ganz netter Nachmittag, obwohl Gertrud und Rosie nicht ganz warm miteinander wurden. Ich glaube, als eingefleischte Bäuerin hat Gertrud nicht allzuviel übrig für Großstadttand wie schicke Kleider und neueste Haarfrisuren. Mein Halstuch fand sie allerdings sehr schön. Vielleicht sollte ich ihr eins zu ihrem Geburtstag nähen.

27.11.1930

Karl und ich, wir haben uns gestern das erste Mal richtig gestritten. Ich bin erkältet und friere. Ich werde ihm so lange nicht Modell sitzen, bis ich wieder gesund bin.

26.12.1930

Das erste Weihnachten in unserer gemeinsamen Wohnung. Hans hat Karl vor einer Woche einen wunderschönen kleinen Baum mit Ballen mitgebracht, den ich mit selbst gebastelten Strohsternen geschmückt habe. Nach Weihnachten nimmt er ihn wieder mit und pflanzt ihn in den Vorgarten. Hoffentlich geht er uns bis dahin nicht ein ... Heute fahren wir dann zu Hans und Gertrud raus, wo uns ein leckerer Gänsebraten erwartet. Mir läuft jetzt schon das Wasser im Mund zusammen, wenn ich nur daran denke. Wir können uns Fleisch leider nicht allzu oft leisten, aber Karl ist optimistisch, daß seine Ausstellung ein Erfolg wird und jede Menge Aufträge einbringt.

Kapitel drei

Die Recherchen zu einem Anwalt namens Egbert Neuhaas erbrachten nichts wirklich Hilfreiches. Es gab zwar zwei Notare namens Neuhaas in der Stadt, jedoch war der eine zu jung, um in Frage zu kommen, und der andere eine Anwältin. Wahrscheinlich war Neuhaas bereits in den wohlverdienten Ruhestand getreten und wollte sich gegen lamentierende ehemalige Klienten oder gereizte Gegenkläger absichern.

Wollmann sann gerade darüber nach, ob es sich überhaupt lohnte, die Anwaltsspur weiterzuverfolgen und blätterte dabei lustlos in zwei von Lina mitgebrachten Bildbänden über expressionistische Maler, als sie ihm ein Gespräch durchstellte.

„Die Dame möchte ihren Namen nicht nennen."

Wollmann nickte Lina durch die Glasscheibe resigniert zu und griff zum Hörer.

„Wollmann. Was kann ich für Sie tun?"

„Fahren Sie mal in das Seniorenstift Haus Herzensglück und fragen Sie nach Karl Meier. Der lebt nämlich noch."

Wollmanns siebter Sinn funktionierte sofort.

„Sie sind doch die Hausdame von Herrn Öttinger, oder?"

Am anderen Ende der Leitung entstand eine kurze Pause, dann vernahm man einen tiefen und jammervollen Seufzer.

„Ich kann das Elend nicht mehr mit ansehen. Ich gehe wahrscheinlich nächsten Monat in Rente, ich habe sowieso nichts zu verlieren. Ich konnte Ihr Gespräch gestern mit anhören und Öttinger hat sich später noch ausgiebig bei mir über Sie und Ihre Fragen ausgelassen. Der Öttinger hat seinen Vater für tot erklären lassen und ihn ins Heim abgeschoben, einfach so. Der Neuhaas hängt da garantiert mit drin, der ist heute Bauunternehmer, wussten Sie das? Den Namen hat er für das Heim falsch angegeben, aber mit dem Geld aus dem Nachlassverkauf macht er sich ein schönes Leben. Mir zahlt er seit Jahren einen Hungerlohn und außerdem..."

Die gute Frau verlor sich zornig in unerquicklichen Details ihrer ungleichen Arbeitgeber-Arbeitnehmer-Beziehung. Wollmann hatte erhebliche Mühe, ihren unkoordinierten Gedankensprüngen und wirren Aussagen zu folgen. Er beruhigte sie schließlich, entlockte ihr noch nähere Informationen zum Altenheim und teilte seiner Assistentin im Vorzimmer den überraschenden letzten Stand der Dinge mit.

Das Seniorenstift „Haus Herzensglück" befand sich in bester Kladower Hafenlage in direkter Nachbarschaft zu diversen Lokalen und Biergärten. Während Lina, die in einem kleinen westfälischen Dorf groß geworden war, auf der Fahrt entlang der Havel und den ehemaligen Rieselfeldern die ländliche Luft begierig einsog, rümpfte der Großstadtgeschädigte Wollmann seine Nase bei dem kleinsten Hauch von Dunggeruch.

„Was für ein schönes Dorf!", staunte Lina, als sie zunächst Gatow durchfuhren. „Und das mitten in Berlin!" Wollmann verdrehte die Augen. „Gatow und Kladow hielten zu Zeiten der Mauer einen echten Dornröschenschlaf. Hier konnte man nahezu ungestört in der Havel baden. Lästig nur, dass die Briten hier bis vor ein paar Jahren noch einen Militärflughafen betrieben haben und eine große Kaserne, die in der Bundeswehr einen dankbaren Nachmieter fand." Lina überhörte Wollmanns Sarkasmus und ließ ihre Blicke über ein ausgedehntes Sonnenblumenfeld schweifen.

Im nächsten lang gezogenen Waldstück versteckten sich Campingplätze und Laubenkolonien, bevor sie Kladow erreichten. Wollmann holperte mit seinem Wagen die unbefestigte Uferpromenade entlang und parkte direkt vor einem riesigen Grundstück samt Gründerzeitvilla, die sich den Blicken durch hohe Hecken und alten Baumbestand weitgehend entzog. Der Zugang befand sich jedoch weiter oben, so dass sie erst einen kleinen zugewachsenen Pfad nehmen mussten, nur um festzustellen, dass sie über eine asphaltierte Straße direkt auf den großzügigen Parkplatz vor dem Eingang gelangt wären.

In einer gläsernen „Informationsinsel" hatte sich laut Silberglänzendem Namensschildchen Schwester Inge Mosel verschanzt und setzte sich intensiv mit ihrem PC und einer dezenten Überwachungsanlage auseinander. Als sie über den Rand ihrer Brille die vorgeblichen Verwandten von Karl Meier erfasste, wurden Blick und Stimme tadelnd.

„Bald zehn Jahre ist er jetzt schon hier und Sie sind die Ersten, die ihn während meiner Dienstzeit, die jetzt immerhin auch schon drei Jahre beträgt, besuchen. Nur weil er Alzheimer hat, heißt das ja nicht, dass er sich an überhaupt niemanden und nichts mehr erinnert."

Wollmann ließ sich zu der entschuldigenden Bemerkung „Wir leben die meiste Zeit in Finnland" hinreißen, aber Schwester Inge, die sich durch schwarze Haare, grüne Weitsichtigkeit und eine auffällige, nahezu sternförmige Narbe über ihrer rechten Augenbraue auszeichnete, ließ sich nicht milder stimmen.

„Manchmal helfen Begegnungen mit vertrauten Personen. Körperlich ist er ja für sein Alter noch erstaunlich fit. Wenn man von seinem Knieproblem und den üblichen Wehwehchen in diesem Alter absieht."

Lina stellte sich angesichts der Örtlichkeiten die erklecklichen Summen vor, die Herrn Öttingers Konto regelmäßig verließen, und wunderte sich darüber, dass der Sohn seinem verhassten Vater diesen anständigen Lebensabend gönnte.

Schwester Inge verließ ihre Rettungsboje und marschierte den beiden Gästen durch antiseptisch duftende, helle Gänge im Eiltempo voraus - nicht ohne darauf hinzuweisen, dass die Besuchszeit in einer dreiviertel Stunde ende.

In einem dezent grün gehaltenen Aufenthaltsraum maßen drei Senioren ihre geistigen Kräfte bei einem Halmaspiel. Ein weiterer saß in einem kanariengelben Ohrensessel und starrte teilnahmslos in die Luft. Die Schwester wies zu der auffälligen Sitzgelegenheit. „Versuchen Sie es, vielleicht erinnert er sich an Sie."

Wollmann zögerte ratlos und stellte sich schließlich an eines der weiß verstrebten Holzfenster, von wo aus er einen exzellenten Blick in die Gartenanlage hatte. Dort drängte sich eine Gruppe von Stiftsbewohnern um zwei fröhlich kläffende Mischlingshunde, deren Größenunterschied so enorm war, dass der kleinere unter dem großen hindurch laufen konnte. Die umstehenden Damen zeigten sich entzückt und verfütterten kleine Happen rosafarbener Wurst als Belohnung. Zwischen den Birken versuchte sich ein weiterer Verein mehr oder weniger erfolgreich im Zeitlupentempo an Krocket und Boccia. Eine der Kugeln landete etwas außerhalb des Spielfeldes. Trotz ihrer leuchtend roten Farbe brauchten die Spieler geschlagene zwei Minuten, bis sie die Kugel wiedergefunden hatten. Die Freude darüber glich einem Feuerwerk an Emotionen, wie es unter Pokerspielern üblich ist. Fehlte eigentlich nur noch der barrierefreie

Golfplatz mit Rollstuhlschienen und Minirobotern, die als Baumstümpfe getarnt verloren gegangene Bälle einsammelten, sorgfältig wuschen und die Rollstuhltorpedos damit neu bestückten. Im Hintergrund glitten Segelboote mit prallen Stoffbahnen über das Wasser. Die Fähre am Anleger spuckte gerade Touristen, Räder und Kinderwagen aus.

Lina zog sich einen freien Stuhl heran und nahm unbefangen neben Herrn „Meier" Platz.

„Guten Tag, Herr Steinhauer. Wie geht es Ihnen?"

Der Angesprochene, der sich weißhaarig, runzlig sowie leicht apathisch kaum von seinen Altersgenossen unterschied, besaß auf den ersten Blick keinerlei Ähnlichkeit mit seinem Sohn. Einzig seine hellblauen Augen und eine leichte Adlernase deuteten die Verwandtschaft an. Er fixierte ein Stillleben, das an der gegenüberliegenden Wand hing und eine aquarellierte Mischung aus gelben, blauen und roten Blumen in einer weißen Vase wiedergab.

„Ist es schon Zeit für das Abendessen? Sind Sie eine neue Schwester?" Steinhauers Stimme klang zaghaft und leicht heiser.

„Nein, nein, Sie kennen mich nicht, Herr Steinhauer, mein Name ist Lina Stolze. Ich würde Sie gerne etwas fragen."

Herr Steinhauer blieb stumm und Lina fielen seine zwar altersfleckigen, aber gepflegten Hände auf.

„Sie haben früher einmal gemalt, oder?"

„Gemalt?"

Er schien sich einen Augenblick lang in seinem verbliebenen Schweizerkäse-Gedächtnis umzuschauen und erklärte dann lächelnd: „Ja, Elfriede kommt sicherlich gleich. Sie sitzt mir immer Modell. Wissen Sie, ich male keine anderen Frauen." Er spielte mit seinem Krückstock und schien ein imaginäres Muster auf dem sorgfältig versiegelten Dielenfußboden anzudeuten.

„Ich weiß." Lina erwiderte sein Lächeln.

„Haben Sie in letzter Zeit gemalt?", mischte sich Wollmann ein.

Steinhauer schaute ihn kurz an, bevor sein Blick zurück zu Lina flackerte.

„Wer sind Sie? Ist es gleich Zeit für das Abendessen?"

„Nein, keine Sorge Herr Steinhauer, Sie haben noch Zeit." Nach äußeren Anzeichen für die diagnostizierte Krankheit forschend, verweilte Lina einen kurzen Moment in den Tiefen seiner Pupillen.

Steinhauer begann, an einer verschorften Stelle auf seiner Nase zu schaben.

„Ich heiße Meier. Karl Meier."

Lina stand abrupt auf.

„Natürlich, Herr Meier. Auf Wiedersehen."

Sie drückte ihm die schlaffe Hand zum Abschied und räusperte sich über einen ungebetenen Frosch im Hals hinweg. Wollmann schob sie sanft in den Gang hinaus. Lina schüttelte ihren Kopf.

„Ich musste gerade an meinen Großvater denken, er ist friedlich in seinem Bett eingeschlafen und war bis zuletzt geistig vollkommen fit. Aber so etwas hier und das schon seit Jahren, kaum nachvollziehbar. Der Sohn lässt ihn für tot erklären und kümmert sich überhaupt nicht mehr um ihn."

„Ja." Wollmann experimentierte mit seinen Füßen.

„Die Geschichte der Hausdame hat sich hiermit auf jeden Fall bestätigt und wir sollten uns Öttinger unbedingt noch einmal vornehmen. Vorher habe ich allerdings noch ein paar Fragen an Schwester Inge. Warten Sie hier auf mich?"

Wollmann war froh, seine Füße in Bewegung setzten zu können.

Lina nickte und sah sich suchend nach einer Toilette um.

„Ich werde mich ein wenig frisch machen und komme dann zum Parkplatz."

Wollmann irrte minutenlang orientierungslos im weiß und hellgrün getünchten Labyrinth des Pflegeheims herum, bevor er zu Frau Mosel zurückfand.

„Hat er sich an Sie erinnert?", hoffte sie routinemäßig erwartungsvoll, ohne den Blick von ihren Unterlagen zu heben.

„Leider nein, aber er kennt uns ja auch nur von Fotos", log Wollmann und die Schwester nickte vage.

„Was ich noch gerne wissen würde ...", Wollmann setzte sein unschuldigstes Gesicht auf. „Sein Sohn, der Öttinger, der wollte uns nicht sagen, was ihn das hier so monatlich kostet, ist ihm wahrscheinlich peinlich, aber langfristig wollen wir uns doch an der Finanzierung beteiligen, also wenn Sie mir vielleicht ..."

Frau Mosel sah ihn mit ihren großen, grünen Augen verwundert an.

„Herr Öttinger? Mir ist kein Herr Öttinger bekannt. Soweit ich weiß, bezahlt ein Herr Neuhaas die Unterkunft hier. Er ruft auch drei oder vier Mal im Jahr an und erkundigt sich nach Herrn Meierss Befinden, als Einziger übrigens. Hier gewesen ist er allerdings noch nie. Aber das müssten Sie doch wissen, er ist doch mit Ihnen sicherlich auch verwandt?"

„Ja, der Neuhaas, natürlich. Ich vergesse immer, dass er den Namen seiner Frau angenommen hat." Wollmann lachte hustend und verwünschte die spontane Schweißtropfenbildung auf seiner Stirn. „Den haben wir auch schon lange nicht mehr gesehen. Wohnt er immer noch in der Gerberstraße?"

„Eigentlich dürfte ich Ihnen darüber ja keine Auskunft geben", erklärte sein Gegenüber militärisch streng, um gleich darauf eine verschwörerische Kollaborateurs-Miene aufzusetzen. „Aber, ich verrate Ihnen ja nichts, was Sie nicht auch im Telefonbuch finden würden."

„Genau", stimmte Wollmann vertraulich zwinkernd zu und steckte sich reflexartig eine Informationsbroschüre des Hauses ein.

Schwester Inge hastete mit ihren Fingerchen flink über die Tastatur und legte Wollmann das Ergebnis ihrer Eingabe vor:

„Neuhaas GmbH am Potsdamer Platz, das ist allerdings nur seine Firmenadresse, vielleicht ist die Ihnen bekannte also doch noch immer seine Privatanschrift."

„Herzlichen Dank."

Wollmann zauberte aus unbekannten Fernen ein dankbares Lächeln herbei und wollte sich schon entfernen, als es ihm aus dem Informationsinselchen mahnend nachschallte.

„Und sagen Sie Ihrem …"

„Eh, Großcousin?"

„Ihrem Großcousin, dass er sich hier auch ruhig mal sehen lassen könnte, der Erinnerung wegen, Sie wissen schon."

„Natürlich."

Wollmann vervollständigte seinen Rückzug mit einem unverbindlichen Winken, aber die Aufsicht blieb hartnäckig.

„Wo ist denn eigentlich Ihre Begleitung? Die Besuchszeit endet in zwanzig Minuten." Schwester Inge stand bereits. „Wollen Sie demnächst noch einmal wiederkommen? Dann sollten wir einen dauerhaften Besuchsausweis für Sie ausfüllen."

Wollmann strebte schnellen Schrittes den Gang hinunter.

„Vielleicht. Wenn wir es einrichten können. Auf Wiedersehen!"

„Auf Wiedersehen." Übergangslos rückte die Aufsichtskraft ihren Rock zurecht, positionierte sich präzise auf ihrem Stuhl und wandte sich erneut dem Monitor zu.

An der nächsten Ecke stieß Wollmann fast mit Lina zusammen, die ihn aufgeregt in einen abzweigenden Korridor zerrte.

„Das müssen Sie sich ansehen, Herr Wollmann, das werden Sie nicht glauben!"

„Aber, ich habe ..."

„Riechen Sie schon was?"

„Ich ...", Wollmann schnüffelte kurz.

„Ich weiß nicht, riecht nach Malerarbeiten oder so. Aber ich ..."

„Pst!"

Lina öffnete eine Tür mit der Aufschrift „Aufenthaltsraum 2" und schubste ihren Chef bar jeden Autoritätsempfindens hinein. Wollmann konnte zunächst nicht ganz einordnen, was er dort sah. An der linken Wand hing eine blühende Landschaft Monets, direkt daneben verbreitete eine menschenfeindliche Daliwüste südliches Flair. Des Weiteren lächelte ein Frauenkopf Picassos von der gegenüberliegenden Tapete, schief und zerstückelt. Bei den restlichen gut ein Dutzend Bildern sah sich Wollmann auf Anhieb außerstande, sie ihm bekannten Maler zuzuordnen, war sich aber mit einem Seitenblick auf Lina sicher, dass sie dazu durchaus in der

Lage war. In der Nähe der schon bekannten Sprossenfenster, durch die eine spätnachmittägliche Sonne großzügig ihre Strahlen sandte, saß ein gebeugter, kugeliger, alter Mann vor einer Staffelei und pinselte hingebungsvoll an einem Gemälde.

„Das ist Herr Schönfärber", flüsterte Lina.

„Er malt gerade ein Bild von Karl Steinhauer!"

„Wie?" Wollmann riss sich abrupt von der Picasso-Schönheit los und richtete seinen fassungslosen Blick auf das besagte Bild.

Es befand sich anscheinend im Endstadium seiner Fertigstellung und ließ eine liegende, schlanke Frau unbestimmten Alters erkennen, die mit dem linken Arm den Kopf auf einem Bettkissen abstützte und den anderen auf ihren Oberschenkeln ruhen ließ. Die Tatsache, dass sie völlig unbekleidet war, sah Wollmann als hübschen Bonus an, wenngleich er Öttinger insgeheim zustimmen musste. Seine eigene Mutter würde er *so* auch nicht gerne sehen, ganz abgesehen davon, dass diese im Gegensatz zu Elfriede Steinhauer bereits in jungen Jahren mit einer gehörigen Portion überflüssigen Körpergewichts um die Hüften hatte aufwarten können. Was ihn wirklich an dem besagten Bild störte, waren die Farben. Welche Frau hatte schon blaue Beine, neongrüne Brüste und gelbe Lippen? Du meine Güte, die gute Frau sah aus wie eine Wasserleiche. Das war jetzt also der Expressionismus, von dem Lina ihm so vorgeschwärmt hatte und über den sich Wollmann nur mit einem, wie er sich jetzt eingestehen musste, allzu flüchtigen Blick in die zwei von ihr mitgebrachten Bücher informiert hatte.

Herr Schönfärber drehte sich um und deutete auf einen Katalog, den Lina von einem kleinen Tischchen aufnahm und Wollmann mit der Info „Den hatte die

Galeristin zum Vergleich für ihre erste Bilderlieferung. War übrigens eine sehr bekannte Galerie." reichte.

Auf dem Titelblatt waren unter anderem lila-grüne Pobacken zu sehen und der schlichte Text „Karl Steinhauer. Werke von 1930 bis 1932". Auf der Innenseite des offensichtlich schon betagteren Katalogs erspähte Wollmann die zusätzlichen Angaben „Ausstellung in der Galerie Huber + Sohn, Berlin, 15.3.1932 - 15.4.1932". Wollmann blätterte flüchtig durch und fand unter den circa vierzig Abbildungen fast ausschließlich Bilder mit der besagten Elfriede in sämtlichen vorstellbaren Körperpositionen, Blickwinkeln, Bekleidungsstadien und Farbvarianten vor. Eine zweite Broschüre, die ihm Lina kurz darauf in die Hände drückte, glich dem ersten Katalog in wesentlichen Punkten. Das Datum der Ausstellung fiel hier jedoch in das Jahr 1938 und die abgebildeten Gemälde umfassten den Zeitraum ab 1933. Überraschend tat sich ein deutlicher Gegensatz zwischen realistischen Porträts, Landschaften und Stillleben, die direkt im Katalog abgebildet waren, und expressionistischen Werken, die als lose Blattsammlung beigelegt waren, auf. Die erste Seite des 1938er Katalogs enthielt in schnörkeliger altdeutscher Schrift die Anmerkung „Wegen Übernahme des Kunsthandels ist die Ausstellung vorzeitig beendet".

„Im Juni 1938 wurde das *Gesetz zur Einziehung von Erzeugnissen entarteter Kunst* erlassen", half Lina erklärend weiter. „Bereits im Juli 1937 gab es in München die erste Kunstausstellung mit dem Titel ‚Entartete Kunst', die von da an als Wanderausstellung durch Deutschland lief. Da wurden bekannte Maler wie z. B. Ernst Ludwig Kirchner, Max Ernst und Paul Klee öffentlich diffamiert. Insgesamt wurden über 600 anerkannte, aus Museen beschlagnahmte Kunstwerke dort ausgestellt, mit dem Ziel, sie als ‚krank' und ‚nicht konform' mit der Kulturvorstellung des NS-Regimes zu brandmarken. Was als ‚echte deutsche' Kunst anzusehen sein sollte, führte man den Besuchern in der gleichzeitig stattfindenden ‚Großen Deutschen Kunstausstellung' vor." Lina klappte einen der Kataloge auf und blätterte darin herum. „Die Beschlagnahmungen begannen 1937 und es wurden in 100 deutschen Museen über 200.000 Werke entfernt, die später zu einem großen Teil ohne Entschädigung devisenbringend ins Ausland verkauft wurden." Lina klappte das Buch zu. „Wussten Sie, dass dieses ‚Gesetz über die Einziehung von Erzeugnissen entarteter Kunst' weder vom Alliierten Kontrollrat noch vom bundesdeutschen Gesetzgeber später aufgehoben wurde?" Wollmann schüttelte probehalber den Kopf. Schönfärber grunzte an dieser Stelle abfällig, enthielt sich aber eines Kommentars. Lina richtete ihren Blick auf das Staffeleibild. „Die Bilder der losen Seiten fielen wohl ziemlich genau unter die so genannte Kategorie ‚entartet'. Wahrscheinlich waren die Katalogbilder nur als Tarnung gedacht."

Wenngleich die wenigen Farbabbildungen des zweiten Ausstellungsheftes schon etwas blässlich wirkten, war die Ähnlichkeit zwischen der losen Abbildung Nummer 12 mit dem Titel „*Elfriede am Sonntagmorgen. Berlin, Juni 1936*" und dem von Schönfärber gemalten Bild unverkennbar.

„Aber wie kann er anhand dieser schlechten Farbseiten oder gar anhand der Schwarz-Weiß-Fotos die Farben rekonstruieren?", wisperte Wollmann, der die Tragweite der Entdeckung erst noch verdauen musste. Lina antwortete ihm ebenso flüsternd: „Er entnimmt sie den Beschreibungen der Bilder und den Farbaufnahmen anderer expressionistischer Gemälde."

Sie deutete auf einen dritten Bildband mit dem Titel „Unbekannte Deutsche Expressionisten", der noch sehr neu und sehr farbenfroh aussah.

„Und er setzt seine Phantasie ein. Wenn die Farben nicht genau vorgegeben sind, erleichtert dies das Fälschen doch ungemein."

Wieder in normale Lautstärke zurückfallend sprach Lina mit forderndem Unterton in das Hörgerät des Malers:

„Sagen Sie mir noch einmal, was Sie hier machen, Herr Schönfärber?"

Der kicherte erfreut und wies auf die Bilder an der Wand.

„Ich kopiere alles, was man mir gibt. Sie müssen mir Bücher, Farben und Leinwand bringen. Aber ich male nur Sachen des 20. Jahrhunderts. Da muss man nicht so genau sein, wissen Sie, ich sehe nämlich nicht mehr so gut. Den Steinhauer male ich jetzt schon seit Ewigkeiten, dabei kenne ich seine Bilder gar nicht. Aber langsam wird es langweilig. Wenn ich nicht bald einen anderen Künstler kriege, streike ich."

Schönfärber rieb mit einem weichen Lappen zart über eine Stelle am Bauch von Elfriede. Anschließend zog er mit dem Pinsel ein paar Härchen im darunter liegenden blauen Dreieck nach. Wollmann musste eine unerklärliche, plötzlich auftretende Erregung unterdrücken und lenkte sich durch Wissensdurst ab:

„Und was passiert mit den Steinhauer-Bildern, wenn Sie fertig sind?"

Schönfärber zuckte mit seinen schmalen und knochigen Schultern, die in einem verschlissenen und mit Farbe besprenkelten Hemd steckten. Im Nackenbereich hing das weiße Schild mit den Pflegeanweisungen heraus. Maximal 40 Grad wurden empfohlen, vom Bügeln wurde abgeraten und Trockner waren gänzlich tabu.

„Wenn ich fertig bin, ist mir das Bild egal. Manchmal hängen sie es hier auf."

Er deutete mit seinem langstieligen Pinsel, von dem sich ein kleiner Tropfen Ölfarbe zu lösen drohte, vage in den Raum.

„Vielleicht sperren sie die Bilder in ihre Schlafzimmer oder so, keine Ahnung. Haben Sie denn keine neuen Vorlagen für mich, junger Mann?"

Schönfärber starrte Wollmann mit hellwachen grauen Augen intensiv an.

„Vielleicht mal einen Botero, die Frauen sind so schön üppig."

Er grinste Lina verschmitzt zu und Lina grinste zurück.

„Die mageren Schwestern hier lassen sich nicht einmal in den Po zwicken. Das reinste Kloster."

Wollmann bedauerte außerordentlich, keinen Malauftrag an diesen agilen Rentner vergeben zu können, und war sich gleichzeitig sicher, dass Lina, im Gegensatz zu ihm, ganz genau wusste, wer zum Teufel Botero war.

Schönfärber griff nach seiner Farbverkrusteten Palette und setzte zum Weitermalen an.

„Wer hat Ihnen eigentlich den Steinhauer-Katalog gegeben und wer nimmt die Bilder in Empfang?", erkundigte sich Lina beiläufig, während sie den Dali näher inspizierte.

„Na, mein Pfleger natürlich, dieser Schwuli. Rätselhaft, warum der mich keine Männerakte malen lässt."

„Wie heißt denn Ihr Pfleger?" Wollmann gesellte sich zu Lina und blickte über ihre Schulter, ohne dahinter nennenswerte Merkmale für eine Fälschung ausmachen zu können. Aber er war ja auch beileibe kein Experte auf diesem Gebiet.

„Na, Schwuli halt, ist ja nicht zu übersehen." Schönfärber zuckte aufmüpfig mit den Schultern.

Bevor Wollmann weiter nachbohren konnte, forderte eine dezente Lautsprecherdurchsage Besucher dazu auf, das Gebäude nun umgehend zu verlassen, da die Besuchszeit beendet sei. In den Gängen setzte eifrige Geschäftigkeit ein und auch Herr Schönfärber wurde seiner Malutensilien entledigt und von einer freundlichen Schwester in seinem Rollstuhl hinausgefahren.

„Zeit für das Abendessen, Herr Schönfärber. Vorher gehen wir uns nur schnell die Hände waschen, ja?"

Schönfärber brummelte eine nicht ganz jugendfreie Antwort und grüßte seine unerwarteten Gäste zum Abschied mit erhobener, Farbbekleckster Hand.

„Kommen Sie ruhig bald wieder und bringen Sie ein paar interessante Vorlagen mit!"

„Haben Sie keinen Hunger, Herr Schönfärber? Heute gibt es Erbsenpüree mit Möhren, Spätzle und Leberkäse. Das ist doch was."

Die Schwester verströmte einen dem Etablissement entsprechenden Optimismus und schien Wollmann gut geeignet für ihren Job. Das Dessert des kulinarischen Diners um 17.30 Uhr ging im allgemeinen Stimmengewirr, Türknallen, Schuhsohlenquietschen und Krückstockklacken unter. Von irgendwoher waberte ein schwacher, aber recht appetitanregender Essensduft heran. Lina und Wollmann blieb nur der geordnete Rückzug.

Vor der Rückfahrt gönnten sich Chef und Assistentin ein Eis am Hafen. Lina genoss einen Erdbeerbecher, während Wollmann eine Kreation mit verschiedenen klebrigen Saucen versuchte.

„Wir hätten auch in der Spandauer Altstadt gut Eis essen gehen können", stichelte Wollmann, dem die Postkartenidylle mit Wannsee im Hintergrund gegen den großstädtischen Strich ging.

„Ach", Lina hingegen wirkte mehr als entspannt, „um über Kunst zu philosophieren, ist das hier doch ein wunderbarer Ort. Wenn mich nicht alles täuscht, ist hier in der Nähe doch auch die Liebermann-Villa, oder?"
„Die ist noch nicht öffentlich zugänglich", knurrte Wollmann, ohne zu wissen, woher ihn diese Information anflog. „Man könnte doch trotzdem mal …", setzte Lina an. „Nein, sie liegt auf der anderen Seite", konterte Wollmann. „… mit der Fähre übersetzen?", ergänzte Lina ihren Satz. „Fräulein Stolze!", Wollmann steckte seinen Löffel in die Sahne und schrieb damit einen imaginären Strich in der Luft. „Nein! Wir müssen über den Fall nachdenken." Energisch verscheuchte Wollmann zwei Wespen, die daraufhin nur noch aggressiver über seinem Eis kreisten.

Lina aß schweigend weiter. Man sah ihr an, dass sie schmollte, und dabei sah sie ganz zauberhaft aus, wie Wollmann feststellte.

„Ich frage mich", nuschelte er mit einem Schokoladenstückchen von der Größe einer Rumkugel im Mund, „ob Steinhauer mitbekommt, was da in seiner unmittelbaren Nähe geschieht. In der Kunst gibt es doch ein Urheberrecht, oder nicht?"

„Natürlich." Lina halbierte eine Erdbeere und beobachtete irritiert, wie sich drei weitere Wespen auf Wollmanns Becher niederließen, während ihr Eisbecher einvernehmlich ausgespart wurde.

„Das Urheberrecht, das sich aus Persönlichkeits- und Werknutzungsrecht zusammensetzt, entfällt erst 70 Jahre nach dem Tod, falls es danach nicht an jemand anderen übergegangen ist. In der Regel sind das die direkten Nachkommen oder anderweitig bestimmte Erben. Die Bilder Steinhauers, beziehungsweise Schönfärbers, werden kaum als ausgewiesene urheberrechtlich geschützte Kopien in Umlauf gebracht werden, falls sie denn für den Markt gedacht sind. Vielleicht malt er tatsächlich nur für das Pflegeheim, damit die Zimmer ein bisschen geschmückt werden können. Aber es wäre schon erstaunlich, wenn keiner vom Personal mit nur einer Spur Kunstverstand auf die Idee käme, dieses Talent zu Geld zu machen. Selbst als Repliken würden die Bilder noch eine Menge Geld einbringen. Sie sind meinem Eindruck nach wirklich exzellent gemalt. Und wenn es hier keinerlei Verbindung zu unserer Galeristin geben sollte, dann…"

Lina ließ ihren Satz unvollendet und fing mit der Serviette elegant einige Tropfen fruchtiger Sauce auf, die sich verselbstständigt hatten. „Ich frage mich, ob irgendjemand im Heim weiß, dass Herr Meier eigentlich Herr Steinhauer ist. Aber falls er irgendetwas über seine Bilder verlauten lassen würde, käme sein Alzheimer als Ausrede natürlich gerade recht. Das würde sicher keiner ernst nehmen."

Wollmann murmelte zustimmend und schob sich seinen vorletzten Bissen in den Mund. „Vor allem", konkretisierte er, „müssen wir den Namen des Pflegers herausfinden, diesem ominösen Neuhaas einen Besuch abstatten und dem guten Herrn Öttinger noch einmal auf die Finger klopfen. Frau Leineweber können wir noch ein wenig schmoren lassen." Einen Rülpser unterdrückend kratzte er die letzten Reste aus seinem Glastrichter.

„Ob Frau Seelbach Herrn Steinhauer je einen Besuch abgestattet hat, falls sie von der ganzen Sache wusste?", setzte Lina, deren sprachliche Fähigkeiten ihrer Wahrnehmung in dieser Situation Sekundenbruchteile hinterherhinkten, hinzu. „Herr Wollmann …"

Schon begann er zu würgen und zu husten, spuckte die benommene Wespe auf den Tisch und betastete stöhnend seine Unterlippe.

„Das Biest hat mich gestochen, sie hat mich verdammt noch mal gestochen!"

Auf der Rückfahrt, während der Lina verunsichert am Steuer saß, stand ihr noch immer der kreidebleiche Kellner, der ihnen die Eisbecher auf Kosten des Hauses gegönnt hatte, jedoch mit Blick auf einen wild um sich schlagenden Wollmann dazu riet, einen Krankenwagen zu rufen, vor Augen. Wollmann hatte klarstellen können, dass er nicht allergisch auf Wespenstiche reagierte und dass ihm ein paar normale Eiswürfel zur Linderung der Schwellung vollauf genügen würden. Taumelnd waren sie zum Auto gelaufen, begleitet von unzähligen sensationslüsternen Augenpaaren, die, sobald sie aus ihrem Sichtfeld verschwunden waren, ihre Eisportionen mit gewissenhaften Blicken sensorisch abtasteten.

Wollmann konnte mit seiner enorm angeschwollenen Unterlippe Lina gerade noch darauf aufmerksam machen, dass er die nächsten ein bis zwei Stunden wahrscheinlich unlogische Konversation führen würde, dies aber lediglich seine Art der allergischen Reaktion sei, bevor er tatsächlich anfing, unverständliche Laute von sich zu geben.

Lina hatte ein ziemlich beklommenes Gefühl während der Fahrt. Sie war mehrmals nahe daran, einen Arzt aufzusuchen, entschied sich jedes Mal dagegen und beschloss, sich an Wollmanns Anweisungen zu halten. Er schien im Delirium zu sein, schlug nach imaginären Wespen, wehrte sich gegen ihre Angriffe, stöhnte und wimmerte. Lina war froh, dass er wieder in seinen normalen Zustand zurückfand, bevor sie die Heerstraße stadteinwärts verließen.

„Oh Gott, tut dasch weh!"

Das kühlende Eis in seinem Taschentuch war geschmolzen und sowohl sein Hemd als auch seine Hose waren feucht.

„Wollen Sie nicht wenigstens in eine Apotheke?", versuchte es Lina.

„Nein, es isch alles in Ordnung. Fahren Sie misch einfasch nur nasch Hause, isch sage Ihnen, wie."

Gehorsam parkte Lina den Wagen schließlich in einer Seitenstraße und half Wollmann bis zur Wohnungstür. Als er die Tür keuchend hinter sich und seinem Autoschlüssel zuschlug, blieb ihr nichts anderes übrig, als ihr eigenes Domizil in Moabit mit öffentlichen Verkehrsmitteln anzusteuern.

Kapitel vier

Der Montag verlief ohne jegliche Erwähnung des Vorfalls am Wochenende. Lina vermutete, dass Wollmann aufgrund seines wahnhaften Zustandes sich an so gut wie gar nichts mehr erinnerte, während Wollmann hoffte, dass er in seinem wahnhaften Zustand nicht allzu viel wirres Zeug geredet hatte.

Während Lina am Dienstagmorgen studienrelevante Recherchen in der Bibliothek tätigte, förderte Wollmann über diverse Kanäle und Kontakte einige interessante Fakten zu Egbert Neuhaas zu Tage. 1989 hatte er, aus einem Grund, der noch auf unerforschtem Terrain lag, seinen Job als Anwalt aufgegeben und war anschließend mit Hilfe des Wende-Booms zu einem der erfolgreichsten Unternehmer in der Berliner Baubranche aufgestiegen.

Die Vortäuschung des Todes von Öttingers Vater wäre, falls er tatsächlich darin verwickelt war, ein sicherer Grund für den Ausschluss aus der Anwaltskammer gewesen. Die ordnungsgemäße Abwicklung des Nachlasses konnte ihm allerdings wohl niemand vorwerfen.

„Ich wüsste zu gerne, warum Neuhaas die Unterbringung Steinhauers übernimmt. Ob Öttinger die Bezahlung über ihn laufen lässt?", grübelte Wollmann laut.

Lina, die zeitgleich zur Tür hereinkam, ergänzte noch leicht außer Atem von einem schnellen Fahrradsprint: „Vielleicht finanziert Neuhaas sowohl die Unterbringung von Steinhauer als auch die von Schönfärber und hängt ganz groß drin im Fälschergeschäft."

„Ach?", Wollmann blickte interessiert auf.

„Warum nicht?", spann Lina den Faden weiter und entledigte sich ihres Rucksackes.

„Er verkauft die Bilder über eine Mittelsfrau an die Galeristin und macht das große Geld damit. Er hat ja vermutlich schon den Nachlass verkauft. Vielleicht kennt er auch jemanden, der ein besonderes Interesse an den Bildern hat. Einen festen Kunden sozusagen."

„Hm", wandte Wollmann ein, „dann könnte er sie doch gleich selbst an den potentiellen Kunden verkaufen. Zu dumm, dass wir den Namen des Pflegers noch nicht haben, aber …"

„Dafür haben wir etwas anderes", ergänzte Lina und wedelte mit einigen Kopien, die sie ohne Rücksicht auf Verluste aus ihrem Schulterbeutel gezerrt hatte.

„Otto Schönfärber kam mir gleich so bekannt vor. Ich wusste, dass ich ein Foto von ihm schon mal gesehen hatte."

Sie legte Wollmann eine Kopie mit einer verwischten Schwarz-Weiß-Abbildung eines etwa vierzigjährigen Mannes vor.

„Otto Schönfärber alias FarbSchön, Jahrgang 1934, war in den sechziger und siebziger Jahren ein erfolgreicher Gemäldefälscher, bevor er Ende der 70er Jahre wegen Urheberrechtsverletzung und Betrugsbeihilfe zu zwei Jahren auf Bewährung verurteilt wurde. Gerüchten zufolge hatte sich Schönfärber mit seinen festen Abnehmern überworfen und wollte auf eigene Faust arbeiten. Aus Rache soll er dann von ihnen verpfiffen worden sein. Seine Auftraggeber hat er trotzdem nie verraten. Danach hat er mehr oder weniger erfolgreich vom Verkauf seiner eigenen Kreationen gelebt, bis er sich 1990 endgültig aus dem öffentlichen Kunstleben zurückzog. Wenn er allerdings all das gefälscht hat, was man so vermutet, muss er ganz gut verdient haben."

Lina ließ sich in den Besuchersessel fallen und setzte die Rollen mittels trippelnder Schritte Richtung Schreibtisch in Bewegung.

„Schönfärber ist so bekannt wie Elmir de Hory, der von 1946 bis zu seiner Entlarvung 1967 tätig war und vor allem Cézanne, Chagall, Matisse und Renoir fälschte. Seine Fälschungen, die er auch an Museen verkaufte, sollen einen Wert von über 60 Millionen Dollar gehabt haben. Dann gibt es da noch Han van Meegeren, der mehr als fünf Millionen Gulden für seine Fälschungen von Werken Vermeers und Pieter de Hoochs absahnte, davon alleine mehr als anderthalb Millionen für einen einzigen gefälschten Vermeer. Er begann etwa um 1928 mit seinen Fälschungen, da war er 39 Jahren alt. Er wurde 1947 verurteilt. Als Motiv gab er lapidar an, dass er mit seinen Werken in einem niederländischen Museum hängen wollte, und das ist ihm mehrfach gelungen. Dann hätten wir da noch Otto Wacker, der hauptsächlich Van-Goghs fälschte und sie in seiner eigenen Gemäldegalerie ausstellte. Zu Beginn seines Strafprozesses 1932 war er übrigens erst 33 Jahre alt und …" Lina merkte an Wollmanns Gesichtsausdruck, dass seine Aufnahmekapazität für nicht fallrelevante Informationen beinahe erreicht war, stoppte ihre Sesselbewegungen und verstummte schlagartig.

„Und jetzt hat vermutlich Neuhaas oder jemand anders Schönfärbers kriminelle Vergangenheit ausgegraben und nutzt sie für seine Zwecke aus", sinnierte Wollmann kopfschüttelnd.

„Es kommt noch besser." Lina beugte sich vor. „Wie wir bereits wissen, gehörte Steinhauer 1938 zu den Künstlern, die zum Teil als entartet eingestuft und deren Bilder eingezogen wurden. Kein Wunder also, dass seine Familie am Existenzminimum darbte. Da jedoch weder er noch seine Frau jüdischer Abstammung waren, überstand er die Jahre bis 1945 relativ unbeschadet, soweit dass zu diesen Zeiten eben möglich war. Er wurde nicht eingezogen, weil er anscheinend irgendeine dauerhafte Verletzung am Bein hatte beziehungsweise noch hat."

Sie blätterte in ihren Kopien. Wollmann starrte entzückt auf ihre freigelegten Fußknöchel, um die jeweils eine silberne Kette geschlungen war.

„Sein Vater war Rahmenmacher und darüber ist er mit der Kunst in Kontakt gekommen. Er absolvierte eine Lehre als Vergolder, erhielt nebenbei aber immer privaten Kunstunterricht. 1924, also in dem Jahr, in dem er volljährig wurde, starb sein Vater. Ein Jahr später seine Mutter. Von hier an lebte er als freischaffender Künstler, wirtschaftliche Umstände zwangen ihn jedoch dazu, 1928 auf den Hof seines Bruders zu ziehen und dort mitzuarbeiten. Ein Jahr später lernte er seine Frau kennen, die er 1930 heiratete. Sie zogen nach Berlin, da er ein Stipendium an der Akademie der Künste erhielt."

Lina hielt inne, um einen Schluck Wasser zu trinken.

„Der eine von Frau Leineweber erwähnte alte Ausstellungskatalog von 1932 war definitiv der gleiche, der auch bei Schönfärber lag. Seine dritte und letzte Einzelausstellung mit neo-expressionistischen Werken hatte Steinhauer 1952 in einem kleinen brandenburgischen Museum. Danach waren einige seiner Arbeiten noch in verschiedenen Museen in Rahmen von eher unbedeutenden Gruppenretrospektiven vertreten. Nach dem Tod seiner Frau Elfriede im Jahr 1960 hörte er komplett mit dem Malen auf. Das 1938 beschlagnahmte Frühwerk aus der Zeit von 1930 bis 1938 gilt als verschollen, während die Arbeiten ab 1938 sich im Erbe von Öttinger befanden und von Neuhaas, an wen auch immer, verkauft wurden."

„Das heißt also", fasste Wollmann seine Gedanken zusammen, „die Bilder, die wir bei Schönfärber in diesen zwei alten Katalogen gesehen haben, gelten als vermisst und können im Prinzip als Kopien ungefährdet auf den Markt geworfen werden, weil aus der Zeit keine Originale zum Vergleich erhalten sind."

„Genau", bestätigte Lina und führte ihren Vortrag aus dem Pflegeheim weiter aus. „Die Wege der beschlagnahmten Bilder nach 1937 nachzuvollziehen, ist schwierig. Spätestens ab da wurde von den Nazis so ziemlich alles aus Galerien, Museen und Sammlungen geplündert, was ihrer Meinung nach als moderne, ‚entartete' Kunst einzustufen war. Obwohl es keine klaren Richtlinien für diesen Begriff gab und die unterschiedlichen Kommissionen ihn verschieden deuteten. So wurden z. B. von Franz Marc, Lovis Corinth oder Wilhelm Lehmbruck nur Teile beschlagnahmt." Lina hustete und nahm einen Schluck Wasser zu sich. „Im März 1939 wurden der als ‚unverwertbarer Rest' eingestufte Bestand an eingezogenen Kunstwerken, immerhin etwa 5000 Objekte, im Hof der Hauptfeuerwache Kreuzberg unter Ausschluss der Öffentlichkeit verbrannt und im Juni des gleichen Jahres wurde in Luzern der restliche, einträgliche Teil bei Versteigerungen ins Ausland verkauft. Ende 1938 war der Kunsthandel in Deutschland in nicht-jüdischer Hand. Die Kunsthändler profitierten von Liquidationen und Umschreibungen und von den Kunstbeständen und Wohnungsauflösungen, die Emigranten, Ausgebürgerten und Deportierten abgezwungen wurden. Nicht geringe Mengen sowohl moderner als auch alter Kunst verschwanden später aber auch in NS-Privatbesitz. Kunst sammeln wurde allgemein Hobby in gewissen Kreisen, könnte man sagen. Hitler selbst war einer der eifrigsten Sammler alter Meister. Seine Sammlung, die als ‚Sonderauftrag Linz' firmierte, umfasste fast 5000 Objekte, für die mehr als 100 Millionen Reichsmark ausgegeben wurden. Darunter zum Beispiel Jan Vermeers berühmtes Bild ‚Die Malkunst' aus dem 17. Jahrhundert, in dem sich der Maler vermutlich selbst in Rückenansicht porträtierte. Neben der Mona Lisa wohl eines der noch immer rätselhaftesten Bilder in der europäischen Kunstgeschichte, das …"

Lina hielt kurz inne, als sie Wollmanns ungeduldigen Gesichtsausdruck wahrnahm, und fuhr dann fort.

„Steinhauers Bilder sind also verbrannt, verkauft oder in alle Winde zerstreut worden. Dafür, dass sie vernichtet wurden, spricht, dass bisher kein einziges aus dem Zeitraum zwischen 1930 und 1938 auf dem internationalen Markt aufgetaucht zu sein scheint. Es gab nur zwei Einzelausstellungen. Eventuell die eine oder andere Gruppenausstellung. Vielleicht hat Neuhaas den Nachlass geschlossen an einen Kunden verkauft, der die Sammlung geheim hält. Oder Neuhaas ist ein alter Nazi, der sie bereits damals hat verschwinden lassen und nun…"

„Halt, halt", unterbrach Wollmann ihre wilden Spekulationen. „Egbert Neuhaas ist laut meinen Recherchen erst Mitte 50, kann also damals nichts damit zu tun gehabt haben. Aber falls er den Nachlass an mehrere Personen verkauft oder einem Auktionshaus übergeben hat, werden Nachforschungen problematisch, oder?"

„Stimmt", gab Lina zu.

„Tja." Wollmann lehnte sich rekelnd in seinem Sessel zurück. „Schauen wir trotzdem einmal, was der gute Neuhaas und der grimmige Öttinger unseren Vermutungen so entgegenzusetzen haben."

Kapitel fünf

Egbert Neuhaas residierte in einem durch seine eigene Baufirma errichteten, hypermodernen, zwanzigstöckigen „Neuhaas-Tower" in bester Lage am Potsdamer Platz. Die hier vor zwei Jahren begonnenen Bautätigkeiten näherten sich langsam dem Ende und Wollmann irritierte es stets aufs Neue, dass die ehemalige Stadtwüste in kürzester Zeit zu einem kleinen Manhattan hatte mutieren können. Vor dem Haupteingang sprudelte ein futuristischer Brunnen in der Form eines Zirkels, kleine Rasenflächen waren von Granit- und Marmorplatten unterschiedlichster Herkunft eingefasst und schwarze Steinquader luden zum Nichtverweilen ein. Neuhaas Büro lag natürlich im obersten Stockwerk. Auf die restlichen Etagen verteilten sich Werbeagenturen, Computerspezialisten, ein Übersetzungsbüro, eine Castingfirma, eine Brutstätte für Videoproduktionen und diverse weitere Firmen, die sich auf der Wegweisertafel in der angenehm temperierten und mit Hintergrundmusik beschallten Eingangshalle nur durch ihre Namen auswiesen und den uneingeweihten Besucher über ihre Funktion bewusst im Unklaren ließen.

Wollmann und Lina nahmen stehend Platz in einem der drei durchsichtigen Aufzüge, den sie sich mit einem gähnenden Paketkurier, einem gut gelaunten Pizzalieferanten und zwei Herren in Business-Outfit teilten. Der eine der beiden Geschäftsmänner vertröstete gerade sein Handy auf „Ganz bestimmt heute Abend, mein Schatz!", während der andere mit Blick in den 360 Grad Spiegel letzte Hand an seine ölig-smarte Frisur legte. Wollmann stieg sofort der betörende Duft der Pizzen in die Nase, obwohl die Klimaanlage im Aufzug nicht nur aufkeimenden Mikroben und jeglicher Geruchsansammlung den Kampf angesagt hatte, sondern die Mitfahrenden auch mit Duftwolken eines gängigen Raumparfums beglückte. Wollmann knurrte spontan der Magen und ein Blick auf sein Handgelenk, die Armbanduhr zeigte 12.30 Uhr, bestätigte das mittägliche Hungergefühl. Lina reagierte mit mehrfachem Niesen auf das künstliche Aroma, das aus zwei kleinen Düsen über den Köpfen der Fahrgäste hervorquoll und sich als hauchdünner Film unerbittlich auf alle Oberflächen legte.

Der Pizzalieferant, vor dessen verinnerlichter Knoblauchessenz selbst die synthetische Duftfahne kapitulierte, stieg zusammen mit dem Detektivgespann aus und brauchte zwei holprige verbale Anläufe, bevor sich ihm die chipkartengesicherte Eingangstür zu Neuhaas' Immobilien automatisch und sanft zischend öffnete. Lina und Wollmann huschten schnell mit ihm zusammen durch die entstandene Öffnung.

Während der zielstrebige Pizzamann seinen Weg schon zu kennen schien und pfeifend davoneilte, passierten sie einige pausenentleerte Büros, bevor sie auf das Sekretariat von Neuhaas stießen.

An den zwei fast identisch aussehenden Vorzimmerdamen, von denen die jüngere bei ihrem Eintreten hastig und schuldbewusst ein paar Pralinen in einer Schublade verschwinden ließ, kamen Lina und Wollmann nur deshalb weitgehend ungehindert vorbei, weil der Chef gerade zehn Minuten Leerlauf hatte und Wollmann aus dem Stegreif und mit Nachdruck unter Angabe falscher Namen etwas von einem geplanten Bauprojekt in mehrfacher Millionenhöhe erwähnte. Zum Glück hatte er sich vorab in seinen besten Anzug geworfen, zur Tarnung ein kaum benutztes Aktenköfferchen ausfindig gemacht und Lina den Marschbefehl „nettes Kostümchen" erteilt, den sie zu seiner vollsten Zufriedenheit ausgeführt hatte.

Die ältere der beiden Sekretärinnen geleitete sie zu ihrem Chef. Sie bewegte sich mühelos auf den zehn Zentimeter hohen Absätzen ihrer nur spärlich mit Riemchen versehenen Schuhe. Die dezent geblümte Bluse war ein Hauch von Nichts und ließ sie in Kombination mit einem knielangen, eng anliegenden Rock trotzdem bekleidet aussehen. In den Ohren steckten goldene Ohrringe, die aussahen wie … ja, wie was eigentlich? Waschbären? Fasziniert starrte Wollmann auf ihre Hörorgane. Irgendwie kam ihm die Frau bekannt vor, aber er konnte sich nicht erinnern, woher er sie kennen mochte. Da war etwas in ihrem Gesicht, das er schon einmal gesehen hatte. Aber was und wo? Bevor Wollmann Zeit hatte, länger darüber nachzudenken, bedankte Neuhaas sich bei seiner Sekretärin „Frau Maiwald" und sie standen im Büro des Bauunternehmers. Es bestand aus einem riesigen Raum von nahezu 100 Quadratmetern und bot einen fantastischen Blick über die Stadt. Die Farben Grau, Schwarz und Weiß, die sich von den Wänden über die Möbel bis auf die minimalistischen Gemälde an der Wand ausbreiteten, dominierten. Selbst die einzige Grünpflanze im Zimmer, ein exotisches Gewächs, das in einer Art miniaturisiertem japanischen Garten zu stehen schien, war mehr grau als grün und blühte ordnungsgemäß in Weiß.

Noch blickte Neuhaas seine Besucher lächelnd an, als sie von der Vorzimmerdame mit der hochtoupierten schwarzen Kurzhaarfrisur in sein Büro geleitet wurden, wenngleich er mit einem Blick auf Wollmanns etwas zu klein geratenen, nicht mehr der neuesten Mode entsprechenden Anzug schnell zu wittern schien, dass hier ganz bestimmt nicht das große Geld zu holen war. Auf Lina verweilte sein Blick schon wohlwollender und blieb länger an ihren durch einen kurzen Rock freigelegten Beinen hängen, als Wollmann nötig schien.

„Was kann ich für Sie tun, Frau Mager, Herr Schmitz?" Neuhaas, der braungebrannt und hochmodisch, aber dezent gekleidet auf den ersten Blick um einiges jünger wirkte, als er tatsächlich war, packte seinen schwarzledernen Aktenkoffer, der Wollmanns Modell in die früheste Steinzeit verwies.

„Wissen Sie, normalerweise wenden sich Bauherren zunächst an mein Architektenbüro und nicht gleich an den Chef persönlich. Handelt es sich um ein größeres Bauvorhaben?"

Er warf mit seinen kühlen, blauen Augen einen geschäftigen und gleichzeitig gelangweilten Blick auf seine teuer funkelnde Armbanduhr. „Ich habe gleich einen wichtigen Termin. Also, wenn Sie sich vielleicht kurz fassen könnten."

Wollmann räusperte sich.

„Bevor wir uns dazu entschieden haben, Sie zu kontaktieren, haben wir uns vorab ein wenig informiert. Ist es richtig, dass Sie früher Anwalt waren? Ich meine", schob Wollmann schnell hinterher, bevor Neuhaas etwas erwidern konnte, „als Anwalt könnten Sie uns doch sicher auch in baurechtlichen Angelegenheiten beraten, oder?"

Neuhaas hatte eine letzte graue Mappe in sein Köfferchen gequetscht und ließ die Schlösser ebenso wie sein Lächeln zuschnappen.

„Meinen Beruf als Anwalt habe ich vor mehr als zehn Jahren aufgegeben und er hat absolut nichts mit meiner jetzigen Tätigkeit zu tun", erwiderte Neuhaas, ohne von seinem Aufbewahrungsbehältnis aufzusehen.

„Können Sie sich daran erinnern, ob Sie 1989 für einen gewissen Herrn Öttinger den künstlerischen Nachlass seines Vaters abgewickelt haben?", fragte Wollmann und Neuhaas ließ seine Blicke witternd zu Lina hinüberwandern, in deren Gesicht ein wenig die Verwunderung über Wollmanns ungeschickte Vorgehensweise abzulesen war, nur um bei der Erwähnung des Namens betont uninteressiert mit den Schultern zu zucken.

„Ich kann nicht alle ehemaligen Klienten meines zurückliegenden Daseins als Anwalt im Kopf haben. Außerdem sind diese Daten vertraulich und ich kann mir nicht vorstellen, dass sie von irgendeiner Relevanz für Ihr geplantes Bauvorhaben sein könnten."

„Sind Ihnen in letzter Zeit Bilder des Malers Karl Steinhauer angeboten worden?", schob Wollmann nach.

„Steinhauer? Nie gehört. War das alles?"

Er ließ den Koffer elegant von seinem monumentalen schwarz-silbernen Schreibtisch gleiten und rückte die unauffällige Krawatte zurecht.

„Hören Sie, ich weiß nicht, wer Sie sind und was genau Sie von mir wollen, aber ich denke, es ist besser, wenn Sie jetzt gehen."

Er wies auf die Tür und drückte ein paar Knöpfe, die sich in einer Vertiefung der Schreibtischplatte verbargen.

„Frau Seeger, würden Sie die Herrschaften bitte hinausbegleiten?"

Zwei Sekunden später eskortierte die jüngere, platinblonde Sekretärinnen-Version die beiden zur Tür hinaus und Neuhaas reagierte auf den Abschiedsgruß der beiden ebenso frostig wie ein Eiszapfen auf sinkende Minusgrade. Im Flur konnte man bereits die Anfänge eines für beide Sekretärinnen wohl recht unerquicklich verlaufenden Gesprächs vernehmen, das sich um die Inkompetenz ihrerseits drehte, die laut Neuhaas darin bestand, keine Kontrolle über die Schar debiler Besucher zu besitzen. Aus der Entfernung meinte Lina, auch das Wort Kündigung wahrzunehmen. Vielleicht bildete sie es sich aber auch nur ein.

Im Aufzug nagte an Wollmann das Gefühl, kläglich versagt zu haben. Unsicherheit übermannte ihn, ob er dem Job als Detektiv im Allgemeinen und diesem Auftrag im Besonderen überhaupt gewachsen war. Heißhunger überfiel ihn. Verärgert lotste er Lina in die Cafeteria, die sich im Erdgeschoss des Bürokomplexes befand, und orderte einen großen Krokantbecher für sich sowie einen Milchshake für Lina. Sie rührte zunächst beunruhigend lautlos in ihrem Milchmixgetränk Geschmacksrichtung Banane herum und sog anschließend geräuschvoll am beigefügten Strohhalm.

Nach fünf Minuten war sie es, die das Schweigen brach.

„Dieser Neuhaas ist ein harter Brocken, dem ist so nichts zu wollen. Falls er wirklich seine Finger im Spiel hat, müssen wir das lückenlos beweisen."

„Hm." Wollmann fischte nach einem Krokantstückchen und biss knirschend darauf herum.

„Als Anwalt hat er ja alle Tricks drauf. Wir ..."

Lina unterbrach ihren Satz und die Nahrungsaufnahme ihres Chefs abrupt mit einem Ellbogenstoß in seine Rippen, was bei ihm fast zu einem Erstickungsanfall am Gebäck führte.

„Sehen Sie mal, draußen auf dem Parkplatz, der Neuhaas."

Wollmann konnte ihn, mit Husten beschäftigt, nur unklar wahrnehmen.

„Was macht er denn?", fragte er mit erstickter Stimme und Lina winkte ab.

„Er streitet sich mit einem jungen Mann, wahrscheinlich ein Angestellter, den er gerade zurechtweist."

Wollmann griff ächzend nach seiner Serviette, woraufhin Lina ihm geistesabwesend auf den Rücken klopfte.

„Ich hoffe, Sie haben keine Wespe verschluckt, Herr Wollmann."

Er quietschte eine nicht verständliche Antwort.

„Jetzt steuert Neuhaas seinen standesgemäßen Wagen an und macht sich davon. Ach, und aus einem klapprigen alten VW am Ende des Parkplatzes steigt ein zweiter junger Mann aus, der auf den ersten jungen Mann zugelaufen kommt. Sie scheinen sich auch zu streiten, nein, warten Sie …"

Lina kniff die Augen ein wenig zusammen.

„Sie umarmen sich."

Sie wandte sich wieder ihrem Gegenüber zu und schüttelte tadelnd den Kopf.

„Sie essen zu gierig, Herr Wollmann. Außerdem", ihr Blick wanderte über seinen leichten Bauchansatz, „sollten Sie sich gesünder ernähren, glaube ich."

„Mischen Sie sich nicht in meine Essensgewohnheiten ein!", fletschte Wollmann ungewohnt heftig. „Ich frage Sie auch nicht, was Sie nach Feierabend machen."

Lina wurde rot und verkniff sich eine Antwort.

Als Wollmann abends bei ihm klingelte, riss Öttinger die Haustür mit einem unerwartet schnellen Ruck auf und starrte seinen Besucher enttäuscht an, als ob er jemand anderen erwartet hätte.

„Sie schon wieder!"

Er schlurfte durch den Flur in das Wohnzimmer und Wollmann folgte ihm unaufgefordert. Diesmal konnte er einen Blick in die Küche werfen, wo sich Geschirr bis in statisch atemberaubende Höhen stapelte und auf dem Tisch zwei halbgefüllte, offene Einmachgläser mit Kirschmarmelade standen, umschwirrt von Freudetaumelnden, haushaltsüblichen Stubenfliegen.

„Hat Ihre Haushälterin heute frei?", fragte er, um das Gespräch in Gang zu bringen.

„Elvira? Sie hat mich gestern Abend verlassen."

Öttinger ließ sich wie ein Sack Kartoffeln auf sein abgewetztes Sofa fallen und begann seine Pfeife zu stopfen.

„Oh", war das Einzige, was Wollmann dazu tröstend einfiel.

Dass der Weggang der Haushälterin mit ihrem aufgeregten Telefonanruf in Verbindung stand, war offensichtlich.

Er betrachtete Öttingers dunkle Augenringe, die fahrigen Bewegungen und die Flecken auf seiner Strickjacke. Der Verlust hatte ihn offensichtlich mehr mitgenommen, als man bei einem Mann seines Charakters vermuten würde. Sollte dieser Zyniker tatsächlich Gefühle für Frau Seelbach gehegt haben?

Weg waren der barsche Sprachstil und der arrogante Unterton, als dieses Häufchen Elend unaufgefordert losprudelte wie ein Gebirgsbach nach der Schneeschmelze.

„Elvira war seit zwanzig Jahren meine Haushälterin. Ursprünglich war sie da, um meinen Vater zu pflegen. Seine ersten Gedächtnislücken traten bereits 1980 auf und ich wollte es nicht riskieren, dass er vor lauter Vergesslichkeit irgendwo unter die Räder kam. Er vergaß zu essen, sich zu waschen und aufs Klo zu gehen. Sie können sich vorstellen, was das bedeutet. Ich hatte damals ja noch meine Stelle im Finanzministerium und konnte mich nicht um ihn kümmern. Deswegen habe ich Elvira eingestellt, Mutter war ja schon 1960 gestorben."

Öttinger saugte an seiner Pfeife und starrte abwesend auf den ausgeblichenen Perserteppich zu seinen Füßen.

„Wir haben sie natürlich 1988 mitgenommen, als es Vater kurze Zeit besser ging und er unbedingt nach Frankreich wollte. Er hatte Mutter dort Ende der 20er

Jahre in einem kleinen Dorf in der Provence kennen gelernt. Es gab da irgendwo ein kleine, unbedeutende Heilquelle, deren Wasser gegen Gicht helfen sollte und gegen Lungenkrankheiten. Er wollte alles noch einmal sehen. Wir waren gerade auf dem Weg von unserer Pension zu der Quelle, die übrigens inzwischen versiegt ist, da kam dieser LKW, nahm uns die Vorfahrt und wir landeten mit unserem Wagen im Graben. Vater hatte sich das Bein gebrochen, wir konnten kaum Französisch und da war zufällig dieser Anwalt Neuhaas im Krankenhaus, der auch Urlaub machte. Er hatte sich beim Wandern den Fuß verstaucht. Er bot uns seine Hilfe an, regelte alles."

Öttinger stocherte erneut in seiner Pfeife herum, stand auf und blickte durch das Wohnzimmerfenster hinunter zum Lietzensee. „Er ließ meinen Vater, natürlich auf unsere Kosten, in ein privates Krankenhaus bringen, mit dessen Leiter er gut befreundet war, und kam Elvira und mich einige Zeit später besuchen. Er war ganz begeistert von Vaters Bildern und bot mir eine Menge Geld dafür. Schaute noch ein zweites Mal mit einem Kunstexperten vorbei. Ich sagte ihm, solange mein Vater noch lebe, könne ich ihm nichts verkaufen. Zwei Tage später war Vater tot."

Wollmann krampfte sich an Stuhllehnen vor sich fest und spürte den dumpfen Protest der Würmer im Holzinneren.

„Wollen Sie damit sagen, Sie wissen nicht, dass Ihr Vater unter falschem Namen in einem Altenheim ganz in der Nähe lebt?"

Umgehend kehrte Öttingers alter Kampfgeist zurück.

„Das hat Elvira auch behauptet. Aber er ist tot! Ich habe doch gesehen, wie sein Sarg im Grab verschwand und zugeschaufelt wurde!"

Wollmann konnte sich ein „Haben Sie ihn auch im offenen Sarg liegen sehen?" gerade noch verkneifen.

Natürlich, für einen Klinikchef war es kein Problem, den alten Herrn unauffällig verschwinden zu lassen und einen leeren oder wohlmöglich mit einer Leiche, die niemand vermisste, gefüllten Sarg aufzutreiben. Vielleicht hatte Neuhaas den Arzt erpresst oder sie hatten sonstige Gründe, dafür, die Sache gemeinsam durchzuziehen. Warum Neuhaas dies alles getan haben könnte, blieb Wollmann allerdings nach wie vor schleierhaft.

„Diese Klinik und der Friedhof, sind die hier in der Stadt?"

„Städtischer Friedhof Berlin-Zehlendorf, die Privatklinik Heinrich Auer gibt es nicht mehr."

Steinhauers Sohn sank in seine gestickten Plüschkissen, sein Blick verschleierte sich, die Pfeife, die, wie Wollmann erst jetzt bemerkte, gar nicht angezündet war, fiel auf den Boden.

„Warum verlassen mich alle? Ich habe nichts Unrechtes getan. Er ist tot, ich weiß es. Mama ist auch tot. Warum sterbe ich nicht, Elvira?"

Er sah Wollmann an oder besser gesagt durch ihn hindurch.

„Bist du zurückgekommen, Elvira? Wird alles wieder so wie früher? Vielleicht malt Vater dich auch."

Während Öttinger seinem Wahnsinn oder auch der Krankheit seines Vaters ein gutes Stück näher rückte, schlich Wollmann betreten und leise aus dem Zimmer, verständigte per Telefon einen Notarzt, wartete auf dessen Eintreffen und verließ das Haus.

Kapitel sechs

Tagebuch (Auszüge) Elfriede Maria Steinhauer, geb. Öttinger, 14.01.1932 bis 10.05.1933

14.1.1932
Karl hat endlich einen Galeristen gefunden, der ihn ausstellen möchte. Ich bin so stolz auf ihn. Er malt jetzt noch häufiger, aber er vernachlässigt seine Auftragskunden, und das Geld wird langsam wirklich knapp. In solchen Situationen verliert er einfach den Blick für die Probleme des Alltags. „Elfriede", sagt er dann immer, „Deine Kartoffeln schmecken auch ohne Bratensoße phantastisch, wozu brauche ich also die Soße?" Manchmal denke ich, es wäre besser, Hans' Angebot anzunehmen und wieder auf dem Hof zu leben und zu arbeiten. Immerhin hätten wir da gut zu essen und müssten keine Miete zahlen, ein bisschen Lohn würden wir auch bekommen, und Karl könnte zwischendurch bestimmt malen. Platz ist dort ja genug. Aber ich weiß, daß er seine neu gewonnene Freiheit nicht aufgeben wird, solange wir noch irgendwie alleine zurechtkommen. Ich wäre auch sehr enttäuscht von ihm, wenn er so schnell aufgeben würde.

In einem Punkt muss ich ihm allerdings recht geben: Frau B. ist in der Tat ein undankbares Modell. Dieser griesgrämige Gesichtsausdruck, diese ungalanten Speckrollen um ihre Hüften und diese Wurstfinger ... Vielleicht sollte er Auftragsportraits auch expressiv malen, das verschleiert die Realität. Oder drückt dieser Stil die Wirklichkeit nur krasser aus? Ich kann seinen theoretischen Ausführungen nicht immer so ganz folgen. Muss ich auch gar nicht, ich verstehe seine Bilder auch so.

17.4.1932
Die Ausstellungseröffnung war wunderbar. Karl hat 20 seiner insgesamt 42 ausgestellten Bilder verkauft. Davon alleine 15

an einen amerikanischen Sammler, der gerade eine Europareise unternimmt und schon halb Berlin leer gekauft hat, wie er in seinem lustigen Deutsch selbst scherzhaft anmerkte. Er erwirbt Bilder des 20. Jahrhunderts, um damit ein eigenes Museum in den USA zu eröffnen. Unglaublich finde ich das. Ein Privatmann, der sich ein eigenes Museum leistet! Schmidt-Rotluff war da, der übrigens letztes Jahr Mitglied der Preußischen Akademie der Künste hier in Berlin geworden ist. Er hat drei Bilder gekauft. Die drei haben sich lange unterhalten, auch über andere Maler, ich glaube u. a. über einen Herrn Nolde, der sich gelegentlich in Berlin aufhält, und auch über das Bauhaus. Karl hält Mies van der Rohe für eine Fehlbesetzung als Direktor, bewundert aber die Arbeiten von Kandinsky. Der Bankier hält Oskar Schlemmer, der zur Zeit an den Vereinigten Staatsschulen tätig ist, für den genialsten Bauhäusler, während Schmidt-Rotluff den Verlust der „Brücke" und des „Blauen Reiters" noch immer beklagte und hoffte, daß sich das Bauhaus trotz der momentanen politischen Situation sein autonomes Fortbestehen werde sichern können – zumindest wenn ich das alles richtig verstanden habe ...

20.04.1932
Levin hatte für uns zur Vernissage einen namhaften Kunstkritiker eingeladen, der leider nicht gekommen ist. Aber heute erschien ein kleiner Artikel im „Berliner Tageblatt", in dem Karls Arbeiten sehr lobend erwähnt werden! Ich bin so stolz auf ihn! Levin geht nächste Woche wieder nach Paris, um sein Studium der Kunsthistorik fortzusetzen. Er hofft, daß er nächstes Jahr schon seinen Abschluss machen kann. Dann will er zurück nach Berlin kommen und vielleicht eine eigene Galerie eröffnen oder zusammen mit Karl eine private Kunstschule aufbauen. Die beiden schmieden Pläne, bei denen mir ganz schwindlig wird. Es ist schön, Karl so glücklich zu sehen.

1.2.1933

Gestern sind wir in eine Kundgebung Hitlers geraten. Er ist vor zwei Tagen zum Reichskanzler ernannt worden. Ich hätte ihm gerne einmal zugehört, weil die Meinungen über ihn so gegensätzlich sind, aber Karl hat mich nach Hause gedrängt, nicht mal mehr Brot durfte ich kaufen. Diesen „Kämpfler" schauen wir uns nicht an, hat er gesagt, der macht noch früh genug Ärger. Als ich fragte, welchen Ärger, hat er nur unwillig mit dem Kopf geschüttelt. Warum klärt mich niemand auf? Was ist so schlimm an Hitler?

11.4.1933

Vor einer Woche ist das Bauhaus geschlossen worden. Nicht nur hierdurch wird mir langsam klar, warum Karl Hitler für eine große Gefahr hält, obwohl ich immer noch denke, daß er mit seinen düsteren Visionen von der Zukunft Deutschlands stark übertreibt. Seine zaghaften Andeutungen, eventuell mit mir ins Ausland zu gehen, überhöre ich geflissentlich. Ich bin Deutsche, ich liebe mein Land, und ich gehe doch nicht weg, nur weil irgend so ein Mensch die politischen Fäden gerade etwas straffer anzieht.

20.04.1933

Unser Galerist ist zurück in die Schweiz gegangen. Karl musste alle Bilder, die er bei ihm gelagert hatte, wieder im Atelier unterbringen. Es ist schrecklich eng dort.

12.5.1933

Sie haben öffentlich Bücher verbrannt. Karl hat gesehen, wie sie vor zwei Tagen Bücher zu Bergen aufgetürmt und den Flammen übergeben haben. Mit sogenannten Feuersprüchen haben sie unter der Leitung unseres Reichsministers für Volksaufklärung und Propaganda, Goebbels, Bücher von Kästner, Heinrich Mann, Remarque, Tucholsky und vielen mehr vernichtet. Goebbels hielt eine Rede vor Studenten, die zuvor mit Büchern schwerbeladene

Ochsenkarren durchs Brandenburger Tor und über die Straße Unter den Linden bis zum Opernplatz geführt hatten. Ich wollte Karl nur trösten, als ich sagte, daß es doch nur Bücher seien, die man neu drucken könne. Wenn sie Bilder verbrannt hätten, wäre das doch viel schlimmer gewesen. Er beschimpfte mich als dumme Gans und sprach zwei Tage kein Wort mit mir. Rosie berichtete mir unter Tränen, daß die Buchhandlung ihres Onkels komplett leer geräumt worden sei. Leo hat jetzt keine Arbeit mehr. Unter fadenscheinigen Ausreden kommen ihre Kundinnen jetzt zu mir, aber natürlich lasse ich Rosie nach wie vor den größten Teil der Arbeit machen, sie ist jetzt dringender auf das Geld angewiesen als wir. Ironischerweise lassen sich diese reichen Damen auch gerne von Karl portraitieren oder schicken ihre zappelnden, verwöhnten Kinder vorbei. Aber auch nur, weil ich drauf bestanden habe, daß Karl seine expressionistischen Bilder vor ihren Augen verbirgt und sie von ihm den Eindruck eines konventionellen und angepaßten Malers gewinnen.

Kapitel sieben

Lina übernahm es, Frau Seelbach telefonisch über den Zustand ihres ehemaligen Arbeitgebers zu informieren und sie bei der Gelegenheit gleich einem sanften Kreuzverhör zu unterziehen. Die Haushälterin seufzte, als ob sie die Last der ganzen Welt auf ihrem von der Arbeit gebeugten Rücken trüge.

„Wissen Sie, als der Herr Steinhauer in diese Privatklinik eingeliefert wurde, durfte ich ihn noch nicht einmal besuchen. Man sagte, er läge auf der Intensivstation und sei ins Koma gefallen. Dabei war es ihm in Frankreich noch recht gut gegangen. Ich meine, so gut, wie es einem eben nach einem Autounfall in dem Alter so geht, bei dem man sich ein Bein gebrochen und ein paar

Prellungen zugezogen hat. Ich selbst hatte ja zum Glück bloß eine Gehirnerschütterung und Öttinger hatte natürlich nur ein paar Kratzer davongetragen."

Frau Seelbach schniefte kurz in etwas Raschelndes und fuhr fort.

„Öttinger behauptete damals zwar, er ginge seinen Vater jeden Tag besuchen, aber da er mich nie mit ins Krankenhaus genommen hat, vermute ich mal, dass er seinen Vater in den drei Wochen, die der noch im Krankenhaus lag, höchstens ein- oder zweimal gesehen hat."

Sie schniefte erneut und entschuldigte sich.

„Ich bin ein wenig erkältet."

„Sie brauchen sich nicht zu entschuldigen."

Lina balancierte zirkusreif zwei Kugelschreiber auf ihrem linken Handballen und wartete geduldig auf die Pointe der Geschichte.

„Der Tod von Herrn Steinhauer kam ziemlich überraschend, selbst für Herrn Öttinger, glaube ich. Die Beerdigung war freitags, und als ich montags wieder zu Herrn Öttinger kam, um den Haushalt in Ordnung zu bringen, traf mich fast der Schlag. Alle Bilder waren weg, alle, bis auf die kleinste Skizze. Überall diese leeren Flächen an der Wand, das sah furchtbar aus."

Ein heftiger Nieser fegte durch den Hörer und erneutes Trompeten folgte.

„Gab es keine weiteren Erben, außer seinem Sohn?", fragte Lina und hielt den Hörer auf Abstand, um gegen die nächste Niesattacke gefeit zu sein.

„Nein, Öttinger hat ja keine Kinder und sonst gab es meines Wissens auch keine Verwandten mehr. Allerdings hätte mir ein Bild zugestanden, wissen Sie."

Frau Seelbachs Stimme nahm einen wehmütigen und zugleich trotzigen Ton an.

„Er hat mich nämlich auch gemalt."

„Ach?" Lina wurde hellhörig. „Ich dachte, er hätte ausschließlich seine Frau gemalt und seinen Sohn sträflich vernachlässigt."

„Nun ja, seinen Sohn hat er schon mal skizziert, die wenigen Male, wo er überhaupt noch dazu in der Lage war, aber nie gemalt. Öttinger nörgelte immer sofort an den Zeichnungen herum, weil sie ihm angeblich nicht entsprächen, aber eigentlich zeigten sie ihn einfach nur so, wie er wirklich ist, verbissen, humorlos und absolut ohne Sinn für Ästhetik oder Kunst."

„Und Sie hat er auch gemalt?", brachte Lina sie wieder auf das Thema zurück.

„Nein, nur in Aquarell skizziert, aber das Bild gefiel mir sehr gut und Steinhauer versprach mir, es für mich in Öl zu malen. Das war zwei Monate vor der Reise nach Frankreich."

Ein erneutes Schniefen schien weniger mit der Erkältung zusammenzuhängen.

„Ich habe von dieser Reise gehört", kam Lina einem möglichen Erzählschwall zuvor und lenkte Frau Seelbach durch die Frage „Wissen Sie eigentlich, an wen Herr Öttinger die Sammlung damals verkauft hat?" geschickt ab.

„An diesen Anwalt, der sich auch in Frankreich um uns gekümmert hatte. Er hat Öttinger wohl besucht und wollte ihm die Sammlung gleich auf der Stelle abkaufen. Hat Öttinger mir damals zumindest erzählt. Ich war leider an dem Tag nicht da, sonst hätte ich ihm schon meine Meinung gegeigt. Die Bilder gehören doch in ein Museum! Ich meine, das war nicht nur Sonntagsgepinsel, das war richtig gute Kunst."

„Ich weiß", bestätigte Lina. „Ich habe Bilder von ihm in einem Katalog gesehen. Die Arbeiten können sich durchaus mit denen der großen deutschen Expressionisten messen."

„Nicht wahr?", Frau Seelbachs Stimme strahlte nahezu durchs Telefon.

„Gab es denn sonst keine Interessenten, ich meine, noch vor seinem Tod?"

„Nein, nicht solange ich da war. Steinhauer hat ja nach dem Tod seiner Frau an keinen Ausstellungen mehr teilgenommen, er besaß auch wohl nie einen festen Galeristen, soviel ich weiß. Er hat immer sehr darunter gelitten, dass seine Bilder von den Nazis vernichtet worden waren. Das hat er nie so ganz verkraftet."

Lina malte an einem großen gepunkteten Fragezeichen.

„Woher wussten Sie eigentlich, dass sich Steinhauer in dem Altenheim befindet?"

Frau Seelbach hustete kurz gequält.

„Das war reiner Zufall. Ein Onkel von mir ist da Bewohner und ich habe ihn vor einem halben Jahr dort das erste Mal besucht. Als ich Steinhauer sah, hätte ich ihn beinahe gar nicht erkannt. Ich meine, ich hielt ihn ja für tot und er hat sich in den vielen Jahren doch erheblich verändert, aber die blauen Augen, wissen Sie, diese Augen."

Lina erinnerte sich.

„Ihr Onkel heißt nicht zufällig Schönfärber?" Gespannt hielt Lina den Atem an.

„Wie? Nein, Herbert August Berger, wieso?"

„Nur so." Lina durchkritzelte das Fragezeichen energisch.

„Mich traf fast der Schlag, kann ich Ihnen sagen. Ich bin nahe an einem Herzinfarkt vorbeigerutscht. Zum Glück war ja qualifiziertes Personal in der Nähe, am liebsten hätten die mich gleich dabehalten, aber bei der kleinen Rente, die ich zu erwarten habe ..."

Lina schmückte ihr Blatt geduldig mit hüpfenden Männchen.

„Das Schlimmste aber war, dass er mich nicht erkannt hat und ständig behauptete, er wäre nicht Herr Steinhauer, sondern Herr Meier. Aber die mussten ihm ja wohl einen anderen Namen geben, wenn er angeblich tot war."

Gar nicht so dumm die Frau, dachte Lina.

„Und? Haben Sie Herrn Öttinger darauf angesprochen?"

„Natürlich, aber er streitet ja alles ab. Behauptet, sein Vater wäre tot und damit basta. Ich wollte ja schon zur Polizei gehen, aber das bringt ja auch nichts. Ich meine, Herrn Steinhauer geht es doch gut da in dieser Einrichtung. Er vermisst niemanden, außer vielleicht seiner Frau, und die ist ja nun definitiv tot. Und sein Sohn will ihn nicht sehen. Was für einen Sinn hätte es also, irgendetwas an dieser Situation zu ändern?"

Lina beschloss mit einem Blick auf Wollmann, der ihr im Hauptbüro den Rücken zuwandte, Kopfhörer aufgesetzt hatte und versonnen in einer Tüte Chips grabbelte, Frau Seelbach eigenmächtig kurz über den Fall zu informieren, berichtete ihr aber nur, dass anscheinend Fälschungen von Steinhauer auf dem Markt aufgetaucht seien und sie versuchten, dies aufzuklären.

„Fälschungen", grübelte die Haushälterin und schnäuzte sich erneut geräuschvoll.

„Das zeigt doch, dass irgendjemandem seine Bilder sehr viel bedeuten, oder nicht?"

So kann man das auch sehen, dachte Lina und mutmaßte:

„Vielleicht werden seine Bilder doch noch berühmt, wer weiß?"

Dies schien der richtige Balsam für Frau Seelbachs gemarterte Seele zu sein. „Also, das hätte er wirklich verdient!"

Nach Beendigung des Gespräches köchelte Lina Tee und balancierte die Ausrüstung zu Wollmann ins Büro.

„Entweder Öttinger weiß wirklich von nichts oder er hat alles bewusst verdrängt."

„Wie?" Wollmann riss sich ertappt die Kopfhörer von den Ohren, schnupperte an seinem Aufguss und verzog angewidert das Gesicht. Lina erstattete Bericht über ihr Telefonat mit der Haushälterin. Wollmann nippte vorsichtig am Inhalt seiner Tasse und fühlte seine Geschmacksnerven von seinen Geruchsnerven listig übertölpelt. Er wagte einen zweiten Schluck.

Lina hatte ihren Tee bereits aufgetrunken.

„Vielleicht hat Neuhaas die Sache auch ganz alleine durchgezogen, weil er so heiß auf diese Bilder war, warum auch immer. Da Steinhauer Alzheimer hat, besteht praktischerweise keine Gefahr, dass er irgendwie lästig wird."

„Und mit dem teuren Pflegeheim beruhigt Neuhaas jetzt sein Gewissen? Dafür ist er doch viel zu abgebrüht. Es muss einen anderen Grund für diese Großzügigkeit geben und den werde ich, zum Teufel noch mal, auch herausfinden!"

Grimmig schüttete Wollmann den Rest Tee in sich hinein, was Lina mit hochgezogenen Augenbrauen quittierte.

„Das ist Tee, Herr Wollmann, kein Schnaps!"

Kapitel acht

Für den nächsten Tag, einen Samstag, war die zweite Observierung angesetzt, die Wollmann diesmal alleine durchführte, da Lina studentischen Verpflichtungen nachzukommen hatte. In Wollmanns Gedanken nistete sich kurzfristig das Bild eines Professors ein, der Lina von Bücherregal zu Bücherregal hetzte und dabei seine Zähne bleckte, diese Vorstellung kehrte sich jedoch bald in eine Version um, in der Lina kleine Insekten auf dem Kopf des Professors erst flambierte und anschließend geräuschvoll zertrat. Das Knirschen beförderte Wollmann abrupt in die Gegenwart zurück und mit Bedauern stellte er fest, dass er mindestens die Hälfte seines Pfefferminzbonbonvorrates in kleine, auf dem Boden liegende Bröckchen verwandelt hatte. Er blickte zur Galerie hinüber, dann auf seine Uhr und war ziemlich erleichtert, als ihm nur sieben Minuten fehlten.

Bereits am vorhergehenden Abend hatte Wollmann die Galeristin telefonisch über den neuesten Ermittlungsstand informiert. Die Tatsache, dass Steinhauer noch lebte, schien sie ehrlich zu überraschen. Die Erwähnung von Neuhaas' Namen löste bei ihr dagegen keinerlei hörbare Reaktion aus.

Die Galerie war offiziell bis elf Uhr geschlossen, trotzdem hatte Frau Leineweber anscheinend die Eingangstür nicht abgeschlossen, denn die Lieferantin, die diesmal mit dem Auto anreiste und nur zehn Minuten auf sich warten ließ, trat ungehindert ein. Wollmann gab der Person, die die zugezogenen Vorhänge hinter der Glasfront bewegte, ohne sich zu zeigen, ein siegessicheres Handzeichen.

Keine Minute später stürmte die Lieferantin hochgradig erregt aus dem Laden, so dass Wollmann beinahe seinen gerade frisch eingeschenkten Kaffee verschüttete. Die anschließende Verfolgung ihres froschgrünen Wagens erwies sich als äußerst rasant. Mehrere rote Fußgängerampeln wurden überfahren, Passanten unmissverständlich auf Gehwege verwiesen und Bordsteine ihrer scharfen Kanten beraubt, von anhaltenden Hupkonzerten ganz zu schweigen. Glücklicherweise kam Wollmann keine Polizeistreife in die Quere, die ihm auch noch seine zweite Observation erschwerte. Das Jaulen von quietschenden Reifen im Ohr und die Abgase seines altersschwachen Auspuffs in der Nase fragte sich Wollmann besorgt, ob die gute Frau ihr Geld lediglich so schnell wie möglich in den heimischen Sparstrumpf stecken wollte oder ob irgendetwas Unangenehmes in der Galerie vorgefallen war, das er während seines weggetretenen Zustandes verpasst hatte.

Der Weg, den die Lieferantin nahm, kam Wollmann irgendwie bekannt vor. Sie fuhren die Kantstraße hoch, umrundeten den Theodor-Heuss-Platz, nutzten die drei Spuren der Heerstraße weidlich aus und bogen links in die Gatower Straße Richtung Kladow ein. Schon bald tauchte Haus Herzensglück in seinem Blickfeld auf. Er nahm sich keine Zeit, den Wagen ordnungsgemäß einzuparken, sondern sprintete ohne Zeit zu verlieren hinter der verdächtigen Person her. Sie verschwand in einem gut getarnten Seiteneingang, rannte eine schlecht beleuchtete Treppe in den Keller hinunter, hastete, begleitet von einer fauchenden, rumpelnden Geräuschkulisse, die Wollmann irgendwie an den Film „Das Boot" erinnerte, durch mehrere verwinkelte, verrohrte Gänge und verschwand anschließend in *Personal-Schlafraum 5*. Wollmann blieb keuchend und mit dem innigen Vorsatz, allmorgendliche Joggingrunden einzuführen, vor der Tür stehen, um pfeifend Luft zu holen. Er schloss kurz die Augen, nur um beim Öffnen direkt vor seinem Gesicht eine dicke, Schwarzbehaarte Spinne baumeln zu sehen. Entsetzt wich er zurück und prallte gegen eine feuchte, kalte Wand. Sein Atem beschleunigte sich erneut, ihm wurde übel, als er gegen die aufkeimenden Bilder ankämpfte. Bilder von modrigen Kellerräumen, Bilder eines kleinen Jungen, der sich angstvoll in eine Ecke drängt, hilflos ausgesetzt einem ganzen Geschwader von widerlichen, krabbelnden Tieren, die sich in rasender Geschwindigkeit auf ihn zu bewegen. Verzweifelt schlug Wollmann seinen Hinterkopf gegen die Wand und war plötzlich wieder ganz klar. Erleichtert löste er seine Hände aus ihrer geballten, schmerzenden Fausthaltung und lauschte der Unterhaltung hinter der Tür.

„Ich kann das nicht glauben!", schrie ein Mann.

„Sie war schon so, als ich rein kam", antwortete die Lieferantin mit Tränenerstickter Stimme. „Dieses ganze Blut um ihren Kopf und am Schreibtisch. Sie ist gestürzt, glaube ich."

„Gestürzt…"

Die männliche Stimme war kaum noch zu vernehmen und ging in Wimmern unter.

Dies war die Gelegenheit, einzugreifen. Wollmann riss die Tür auf.

„Nicht erschrecken, bitte!"

Die verlaufende Wimperntusche bahnte sich einen Weg über das Gesicht der Lieferantin. Ein junger Mann saß zusammengesunken auf einer Schlafpritsche und wiegte sich apathisch.

„Sie sind hier Schwester, oder?" Wollmann wies auf sein Zielobjekt.

Sie nickte nur, stumm vor Schreck.

„Sind Sie sicher, dass Frau Leineweber tot ist, haben Sie Erste Hilfe geleistet?"

„Ich war das nicht, ich war das nicht!", jammerte sie nur und verteilte die Wimperntusche auf noch unbefleckte Gesichtspartien. Der junge Mann, in dem Wollmann Leineweber junior vermutete, war inzwischen ohnmächtig zusammengesackt.

Es wurde Zeit, die amtlich beglaubigten Hüter des Gesetzes einzuschalten.

Kapitel neun

Kommissar Stiefelknecht lutschte an einem Weingummi und sah Wollmann kopfschüttelnd an.

„Also, das ist eine haarsträubende Geschichte, Max."

„Die Ereignisse haben sich so überschlagen, dass ich es selbst kaum glauben kann", beteuerte Wollmann. „Ich bin sicher, dass dieser Neuhaas da irgendwie mit drinsteckt."

„Neuhaas ist ein angesehener Bauunternehmer. Er unterstützt zahlreiche kulturelle Institutionen, warum nicht auch einen senilen, alten Maler? Soweit ich weiß, steht er finanziell auf soliden Beinen, warum sollte er sich auf Fälschungsgeschäfte einlassen?"

Stiefelknecht beobachtete, wie der Zinksarg mit Rita Leinewebers Leiche davongetragen wurde.

„Keine Ahnung, vielleicht hat er Geld bei Spekulationen verloren."

Wollmann versuchte einen Blick in die Galerieräumlichkeiten zu erhaschen, aber Stiefelknecht manövrierte ihn zu seinem Wagen und grunzte unwillig.

„Ich sehe da trotzdem keine Verbindung zu deinem Fall. Das Geld aus der Kasse wurde entwendet und der Safe wurde ausgeräumt. Bilder scheint der Einbrecher nicht gesucht zu haben, das war ein schlichter Raubüberfall, glaub mir. Und Einbrüche haben wir hier in der Stadt zurzeit wirklich mehr als genug. Ist ja auch schön dumm, die Eingangstür außerhalb der Öffnungszeiten nicht abzuschließen. Das lädt Diebe geradezu ein. Frau Leineweber ist gestolpert und hat sich am Schreibtisch den Kopf aufgeschlagen, als sie sich wehren wollte, vermutlich nur ein unglücklicher Unfall, sonst nichts. Wir übergeben sie der Rechtsmedizin."

„Wie beruhigend, Rolf."

Wollmann presste seine Lippen zusammen und verkniff sich jeden weiteren Kommentar.

„Du lässt ab jetzt schön die Finger von diesem Fall!", ordnete Stiefelknecht an. „Deine Auftraggeberin ist tot. Die angeblichen Fälschungen von diesem Maler werden sichergestellt. Der Kunde, der die erste Lieferung gekauft hat, wird entweder seinen Mund halten oder so ehrlich sein, seine Bilder der Polizei zu übergeben. Dass Herr Öttinger seinen Vater verleugnet, ist zwar tragisch, aber allein seine Sache."

Wollmann schüttelte fassungslos den Kopf. Rolf Stiefelknecht war schon immer ein Freund von schnellen Lösungen gewesen, aber das ging doch eindeutig zu weit. Wenn er das Ganze auf sich beruhen lassen wollte, Wollmann sicherlich nicht. Mit einem kurzen „Bis dann." machte er sich durch die Polizeiabsperrung davon. Stiefelknecht sah ihm nachdenklich hinterher und kramte in den Tiefen seiner Hemdtaschen nach etwas Süßem. Achtlos ließ er das Bonbonpapier auf den Boden fallen. Ein Streifenbeamter hob es kopfschüttelnd auf und trug es zu einem nahe gelegenen Papierkorb.

Stiefelknecht hatte Wollmann vor gut fünf Jahren kennen gelernt, als der sich als Schauspieler bei einer TV-Detektivserie finanziell über Wasser hatte halten müssen und der waschechte Kripomann ihm und den anderen Darstellern mit Tipps hilfreich zur Seite gestanden hatte. Zunächst hatte sich Stiefelknecht energisch gesträubt, in irgendeiner Weise in die ihm äußerst dubios erscheinenden Machenschaften eines privaten Fernsehsenders involviert zu werden, aber leider stand seine Frau mit der Gattin des Programmdirektors auf sehr gutem Fuß und dieser wiederum hatte ihn so lange um seine Mitarbeit geradezu angefleht, bis er entnervt zugesagt hatte. Die Serie hielt sich immerhin ein halbes Jahr. Dann wurde Wollmann von heute auf morgen entlassen, angeblich weil das Konzept nicht mehr zog und neu gestaltet werden musste.

In das Casting zur Serie war er nur durch puren Zufall gerutscht, als Ersatz für einen Bekannten, der zu dem angesagten Termin aufgrund einer Vasektomie daniederlag und sich durch Wollmanns Erscheinen eine aufgeschobene zweite Chance erhoffte. Überraschenderweise hatte Wollmann die Rolle bekommen und er entwickelte sich alsbald zu einer Art Schützling und Sohnersatz für Stiefelknecht, der ihm nicht nur im Laufe der Dreharbeiten hilfreich zur Seite stand, sondern auch nach der plötzlichen Entlassung aus dem Sender immer ein offenes Ohr für ihn hatte. Die Idee, als Detektiv zu arbeiten, stammte allerdings von Wollmann selbst, da er in der Medienbranche als ungelernter Schauspieler und trotz seiner gesammelten Erfahrungen keinen Fuß mehr fassen konnte. Seinen alten Job als Betriebswirt hatte er schon immer gehasst. Stiefelknecht hatte zwar zunächst das dumpfe Gefühl gehabt, dass sich Wollmann einen Hauch zu viel mit dem Serienhelden identifiziert haben könnte, aber bis dato hatte er sich gar nicht so übel durchgebissen. Stiefelknecht startete seinen Wagen und machte sich auf den Weg zu seinem Büroarbeitsplatz. Noch fünfzehn Monate bis zu seiner Pensionierung. Ein letzter, wirklich großer Fall würde seine Dienstzeit erfolgreich abrunden. Max kam da, so leid es ihm für seinen Freund tat, etwas ungelegen. Außerdem machte sich Stiefelknecht intuitiv Sorgen um die Sicherheit seines Freundes. Der Fall Leineweber barg noch unliebsame Überraschungen, das hatte Stiefelknecht irgendwie im Urin.

Lina knallte ihrem Vorgesetzten am Montagmorgen die Tageszeitung mit der Schlagzeile „Galeristin von gekränktem Kunstkritiker ermordet?" wütend auf den Schreibtisch.

„Die spannendsten Vorfälle reservieren Sie wohl für sich alleine, oder wie?"

„Sie hatten doch schon was vor, außerdem war das kein Zuckerschlecken, das kann ich Ihnen sagen."

Wollmann griff sich die Zeitung und warf einen flüchtigen Blick auf das Titelbild, das die Front der Galerie und ein Foto von Frau Leineweber aus besseren Tagen zeigte. In einem Artikel darunter fragten sich besorgte Bürger, wann die Polizei der Einbruchswelle, welche den Bezirk Charlottenburg schon seit Wochen heimsuchte, endlich etwas entgegenzusetzen hätte. Gleich daneben warb ein Kunstversicherer zweispaltig für Hausratversicherungen mit angeschlossenem Schutz für Kunst- und Sammelobjekte. Einen Ansprechpartner und zwei Prämien zur Auswahl inklusive.

Lina zog sich den unbequemen Kunststoffsessel heran und beugte sich vor Neugierde fast platzend vor. „Nun erzählen Sie schon, wie lautet Ihre Variante?"

Wollmann war in seiner Erzählung gerade bei Stiefelknechts Eintreffen im Seniorenstift angelangt, als sich das Telefon bemerkbar machte.

Wollmann nahm selbst ab, gab ein paar verblüffte, aber zustimmende Jas und Okays von sich und ließ nach Beendigung des Gesprächs seine Fingergelenke knacken.

„Das war Torben Leineweber. Er möchte, dass ich den Tod seiner Mutter aufkläre. Er glaubt, dass Neuhaas der Mörder ist."

Lina ließ sich perplex zurückfallen.

„Und?"

„Was und? Natürlich übernehme ich das, von Stiefelknecht ist ja anscheinend nichts Konstruktives zu erwarten."

Wollmann fuhr sich durch seine stoppeligen Haare und kramte anschließend in einer Schreibtischlade.

„Haben wir eigentlich noch was zu essen da?"

„Joghurt und Äpfel."

Angewidert verzog er das Gesicht.

„Nichts Ungesundes?"

„Nichts Ungesundes."

„Okay, dann hol ich schnell was und Sie schieben solange Telefondienst."

„Alles klar, Chef." Lina eilte an ihren Platz im Vorzimmer.

Als Wollmann mit zwei prall gefüllter Einkaufstüten ins Büro zurückstolperte, prangten an den Wänden seines Raumes drei überdimensionale Poster.

„Da Sie ja den Expressionismus nicht so toll fanden…"

Lina piekte eine letzte Reißzwecke in die gräuliche Raufasertapete.

„Wie finden Sie diese Motive? Links, das ist ein Botero."

Wollmann staunte mit offenem Mund die üppige Frauengestalt an.

„Botticellis Geburt der Venus kennen Sie ja bestimmt", erklärte Lina mit Blick auf das zweite Poster und Wollmann tauchte gedanklich ein in eine Woge aus unglaublich langem Haar.

„Edouard Manet - Frühstück im Grünen", entnahm er laut dem Untertitel des dritten Bildes. Sekundenlang fixierte er die nackte Dame auf der Picknickdecke.

„Genau." Lächelnd ließ Lina ihren Chef mit seinen wollüstigen Gedanken alleine, nahm die wenigen verderblichen Lebensmittel aus den Tüten an sich, um sie im Kühlschrank zu deponieren.

Wollmann schluckte. Diese leicht bekleideten Damen, also eine Playboyausgabe war ja nichts dagegen. Und mit so etwas beschäftigte sich Lina in ihrem Studium? Die Erkenntnis, dass es auch jede Menge lediglich Lorbeergeschürzte Männer in der europäischen Kunst zu sehen gab, versetzte ihm kurz einen kleinen eifersüchtigen Hieb, der jedoch schnell von der Wirkung der Bilder übertönt wurde. Hypnotisiert griff sich Wollmann das einzige Eis am Stiel, das ihm Lina dagelassen hatte, und versank in meditative Betrachtung dieser ungewohnten optischen Reize.

Kapitel zehn

Stiefelknechts Freizeit war knapp bemessen. Eine resolute Frau und zwei bockige halbwüchsige Töchter beanspruchten einen Teil davon ebenso wie Fälle, welche die übliche Dienstzeit unvorhergesehen ausdehnten.

Eins ließ er sich jedoch nicht nehmen: einmal im Monat mit seinem Freund Hans Dubek eine gepflegte Runde Golf zu spielen. Als sie das erste und einzige Mal der Kosten für dieses Vergnügen ansichtig wurde, hatte Frau Stiefelknecht mit Scheidung gedroht, Herr Stiefelknecht hatte mit Verlängerung seiner Dienstzeit gekontert und seither war das Thema tabu in der Familie.

Natürlich war seine hart erkämpfte Mitgliedschaft im exklusivsten Golfclub Berlins reiner Luxus, aber es schien ihm die einzige Möglichkeit zu sein, in aller Ruhe über knifflige Fälle nachzudenken, sich mit Hans auszutauschen, ein bisschen an der frischen Luft zu sein und friedliche Natur zu genießen. In den kalten Jahreszeiten stiegen sie gelegentlich auf eine Hoteltherme um, ließen sich von Düsen und Duschen durchkneten. Der frühmorgendliche Termin um sechs Uhr garantierte das Fehlen aufdringlicher Zuhörer und der Level der sportlichen Anstrengung war mit dem beim Golfen vergleichbar. Denn nichts verabscheute Rolf Stiefelknecht mehr, als sich japsend und schwitzend verausgaben zu müssen.

Hans Dubek war für das Einbruchsdezernat tätig und auf privater Ebene meist ebenso wortkarg wie sein Freund. Sie hatten manchmal bereits die Hälfte des Parcours hinter sich gebracht, bevor ihre Konversation über „Nicht schlecht der Schlag!" und „Ich sehe ihn nicht mehr." hinauskam. Doch heute hatten sie reichlich Gesprächsstoff. Dubek beklagte sich, dass er mit der Einbruchsserie in der Stadt überhaupt nicht vorankam, Stiefelknecht bemängelte den mangelnden Kunstsachverstand seiner Mitarbeiter und den fehlenden roten Faden im Fall Rita Leineweber.

„Glaubst du, das könnte der gleiche Täter beziehungsweise die gleiche Gruppe sein wie bei euren Einbrüchen?", fragte Stiefelknecht und schlug ab.

Dubek schirmte seine Augen gegen die blendende Sonne ab und verfolgte den flotten Flug des kleinen weißen Balles.

„Ich weiß nicht. Unsere Einbrüche erfolgen immer in Privathäuser oder Wohnungen, die Geschäftseinbrüche, die wir sonst noch so haben, passen nicht in das Schema, da geht immer einiges zu Bruch, während in den Wohnungen und Häusern zwar ein ziemliches Chaos hinterlassen wird, aber meist nichts zerstört wird. In der Regel fehlt da auch nur Bargeld."

Dubek schickte seinen Ball dem Stiefelknechts mit mäßigem Erfolg hinterher.

„In dem Safe müssen sich nach Durchsicht der Papiere und Aussage Torben Leinewebers gerade mal um die 500 Mark und einige mehr oder weniger wertlose Aktien befunden haben. Das Einzige, was fehlte, ist das private Adressbuch der Leineweber. Durcheinander gebracht war fast nichts, zumindest nicht nach Aussage des Sohnes."

Stiefelknecht setzte seinen Trolley in Bewegung und Dubek folgte ihm.

„Ich habe mir die Akte ja angesehen, Rolf, ich glaube nicht, dass der Einbruch in unsere Serie gehört."

„Hm." Stiefelknecht kickte mit dem linken Fuß einen kleinen Stein quer über den Rasen und verpasste nur knapp eine im Sand badende Amsel, die sich zeternd ins Gebüsch schlug. Gefrustet und erfolglos pickte sie nach einem Käfer, der sich im Schatten gerade von der Flucht vor einer Meise erholte. Eilends krabbelte er in höheres Gras, während die Amsel als Ersatz einen vorwitzigen Regenwurm verschlang.

„Weißt du, ob schon mal bei dem Bauunternehmer Egbert Neuhaas eingebrochen wurde?", sondierte er vorsichtig weiter.

„Neuhaas? Der Neuhaas? Also, ich glaube nicht, aber wenn man Gerüchten Glauben schenken darf, läuft da was gegen ihn."

„Ach", bekundete Stiefelknecht dezent sein Interesse.

„Was, wenn man fragen darf?"

„Also, ich weiß nicht viel darüber, aber es muss wohl eine größere Sache sein. Du solltest mal mit Manfred Bergmeister darüber reden, du kennst ihn doch, oder?"

Dubek wischte sich eine widerspenstige Strähne seines vollen braunen Haares aus der Stirn.

„Der vom Betrugsdezernat?" Stiefelknecht peilte sein Hole an.

„Genau." Dubek zog die Fahne aus dem Loch und platzierte sich zwei Meter weiter.

„Ist Neuhaas ein Verdächtiger?"

„Betrugsdezernat…", grübelte Stiefelknecht und stützte sich auf seinen Schläger.

„Ob er ein Verdächtiger ist?", wiederholte Dubek in betonten Silben.

„Vielleicht doch", murmelte sein Freund prophetisch und bereitete sich auf das Putten vor.

Zwei Stunden später sinnierte Stiefelknecht in seinem Büro erneut über den Fall Leineweber. Er beschriftete kleine Karteikärtchen und pinnte sie an eine altmodische Korkwand. Es gab drei unabhängige Zeugenaussagen für die Tatzeit. Wollmann, der die Lieferantin gesehen hatte und einen sich bewegenden Vorhang, als Frau Leineweber vermutlich schon tot war, womit es schon mal zwei Personen in der Galerie gegeben hatte. Einer älteren Dame und einem vierzehnjährigen Jungen mit Gipsbein, beide aus dem gegenüberliegenden Haus, war Wollmanns Wagen aufgefallen, was schon mal für die Beobachtungsgabe der Zeugen sprach. Daneben hatte der Junge nicht nur die Lieferantin registriert, sondern auch einen älteren, gut gekleideten Mann, der angeblich kurz vor ihr die Galerie betreten und durch den Vordereingang wieder verlassen hatte. Die ältere Dame konnte sich ebenfalls an diesen gut gekleideten Herrn erinnern, war aber nicht davon abzubringen, dass er bereits vor der Lieferantin dem Laden den Rücken gekehrt hatte. Es schien ihr eher ein weiterer, eher junger Mann gewesen zu sein, der die Galerie auch betreten, aber nicht mehr unter ihren Augen verlassen hatte.

Konnte man jetzt davon ausgesehen, dass die Männer identisch waren? Oder hatten sich nacheinander beziehungsweise zeitgleich zwei Herren unterschiedlichen Alters und die Lieferantin in der Galerie befunden? Stiefelknecht seufzte. Hier mussten dringend die Phantombilder abgeglichen werden. Er war gerade auf dem Weg zum Kaffeeautomaten, als ihm ein Mitarbeiter einen Umschlag reichte. „Ist uns anonym zugegangen. Die Spurensicherung hat es sich schon angeschaut. Keine verwertbaren Fingerabdrücke."

Stiefelknecht nickte und zog den Inhalt heraus: Rita Leinewebers privates Adressbuch. Vorsichtig blätterte er darin herum. Die Seiten A und E fehlten. Stiefelknecht griff zum Hörer. „Ich brauche den Karteikasten aus der Galerie Leineweber. Hier muss ein Abgleich vorgenommen werden."

Drei Stunden später lag Stiefelknecht die Liste der Namen vor, die jeweils nur im privaten oder nur im geschäftlichen Adressverzeichnis aufgeführt waren.

Unter A und E gab es im Karteikasten zwölf Namen, die im Adressbuch definitiv fehlten. Stiefelknecht setzte seine Leute umgehend auf die Überprüfung an. Der Anruf, der ihn zu später Stunde privat und schon halb im Schlaf erreichte, dämpfte seine Stimmung um zahlreiche Nuancen. Ein Rückpfiff aus der obersten Führungsriege war nicht gerade das, was jeden Tag vorkam. Nichtsdestotrotz sah er die Notwendigkeit ein. Die Akte Leineweber/Neuhaas nahm Dimensionen an, die selbst ihm eine Nummer zu groß waren. Die Gefahr für den unbedarften Max Wollmann mochte er sich gar nicht ausmalen.

Kapitel elf

Torben Leineweber wohnte nahe dem Bayerischen Platz und besaß eine mit viel Kunst und Kitsch, aber gleichzeitig modern eingerichtete Wohnung. Eine Bar im Stil der fünfziger Jahre bildete den Mittelpunkt seines Wohnzimmers.

Er litt zurzeit an tiefen Ringen unter den Augen, sein blondiertes Haar hatte dringend eine Wäsche nötig und er zog nervös an einer Zigarette. Der wie ein Spiegelei aussehende Aschenbecher, den er anschließend zu Rate zog, wies zahlreiche halb aufgerauchte Zigarettenstummel auf. Die rot-weiß-gestreifte Wohnzimmercouch bot einem weiteren jungen Mann einen Hort der Versunkenheit in weicher Polsterung. Lina registrierte erstaunt, dass er zusammen mit Torben Leineweber das Männerpaar vom Parkplatz des Neuhaas-Towers bildete.

„Ich bin Wilbert Neuhaas", stellte er sich vor. „Der Sohn von diesem Schwein, das Rita umgebracht hat."

„Sie sind der Sohn von Neuhaas?" Wollmann ließ sich spontan und unaufgefordert auf den nächststehenden Barhocker mit Kuhfellbespannung fallen. Zwei echte Hörner stützten seinen Rücken.

Lina blieb irritiert stehen, bis Torben ihr fahrig einen Sessel mit Zebramuster zuschob. „Setzen Sie sich doch."

An den Lehnen hingen anstelle von Troddeln imitierte Zebraschwänze herab, mit denen Lina sogleich versonnen herumspielte.

„Danke. Sie hatten Streit mit Ihrem Vater, oder?"

Wilbert sah sie verwundert an.

„Ja, eigentlich ständig. Er hasst mich. Ich bin bereits vor fünf Jahren von zu Hause ausgezogen, nachdem er sich von meiner Mutter hat scheiden lassen. Er ist ein absolutes Schwein, ohne Gefühle, ohne Gewissensbisse, ohne Skrupel. Er bringt Rita um, obwohl er ein Verhältnis mit ihr hatte."

„Er hatte ein Verhältnis mit Frau Leineweber?", echote Wollmann mit großen Augen.

„Das ist drei Jahre her", nahm Torben den Faden auf. „Sie war ihm hoffnungslos verfallen, bis zum Schluss. Aber er hat seine Tippse geheiratet und Rita, ebenso wie zuvor Wilberts Mutter, eiskalt abserviert. Sie verkaufte ihm hin und wieder Bilder, weil sie hoffte, ihn zurückgewinnen zu können. Das war unser Ansatzpunkt."

„Ansatzpunkt", sprach Wollmann lahm nach und Lina trat ihm vorsichtig gegen sein Schienbein.

„Ja." Wilbert stand auf, holte ein paar Gläser und eine Flasche Mineralwasser aus der Küche.

„Ich wusste, dass er auf die Bilder von Steinhauer stand, er hat vor Jahren einen ganzen Nachlass erworben. Wahrscheinlich machen ihn die Akte irgendwie an.

Warum sie zurzeit in seinem Saferaum verstauben, ist mir allerdings nicht ganz klar. Nun ja, Torben", er nickte in die Richtung seines Lebensgefährten, „arbeitet im Altenheim Haus Herzensglück als Pfleger und Herrn Steinhauers Bilder von einem dort wohnenden Maler kopieren zu lassen, war kein Problem. Der reproduziert schon seit Jahren alles, was ihm unter die Finger kommt. Glücklicherweise können die Herrschaften ihren Hobbys dort weitgehend unbeeinträchtigt nachgehen. In einem normalen Heim wäre die ganze Aktion kaum möglich gewesen. In Haus Herzensglück sind sogar Tiere erlaubt, müssen Sie wissen."

Wilbert zündete sich zusammen mit Torben eine weitere Zigarette an. Lina und Wollmann lehnten dankend ab.

„Sibylle Lorentz, die dort als Schwester arbeitet, übernahm die Funktion der Lieferantin für die Bilder. Die letzte Lieferung umfasste 20 Gemälde. Als Gegenleistung bekam sie natürlich was vom Geld ab und unser Kopist, ein gewisser Herr Schönfärber, ist mit Farbe und Leinwand erst mal gut ausgestattet."

Wilbert öffnete ein Fenster und entließ den Zigarettenqualm in die Freiheit.

„Steinhauer ist ja nicht mehr in der Lage, Bilder zu malen."

Wollmann goss sich Wasser aus der Flasche nach und drehte eines der stechenden Hörner um zwanzig Grad.

„Steinhauer?" Torben und Wilbert schauten mehr als verblüfft.

„Ach, ja", Wollmann schielte nach der gut gefüllten Gebäckschale und klärte das Paar über seinen Wissensstand bezüglich des Heimes und des Ursprungs der Fälschungen auf. Ein Wissensstand, dessen Weitergabe anscheinend nicht auf Stiefelknechts Mitteilungsliste gestanden hatte.

„Ein weiterer Gast im Haus Herzensglück ist ein Mann namens Karl Meier, alias Karl Steinhauer, expressionistischer Maler des Jahrgangs 1903, geboren in Berlin. Er ist von seinem Sohn für tot erklärt und dort untergebracht worden, wohl auf Anraten von Herrn Neuhaas. Letzterer bezahlt auch die Unterkunft im Stift."

Wilbert schüttelte fassungslos den Kopf.

„Was hat mein Vater noch alles getan, um an diese verfluchten Bilder zu kommen?"

Es entstand eine kleine Pause, jeder nippte nachdenklich an seinem Glas und Wilbert schob Wollmann geistesabwesend die Kekse zu.

„Meine Mutter war in finanziellen Nöten", fuhr Torben schließlich fort. „Die Galerie lief nicht gut, die Konkurrenz ist groß. Mir war klar, dass sie bei Bildern von Steinhauer sofort zugreifen würde, sie hatte ja in Egbert einen potentiellen Kunden dafür. Sie konnte die erste Serie mit gutem Gewinn an ihn verkaufen, und wenn ihr nicht Zweifel an der Echtheit gekommen wären…"

Er stockte und Wilbert drückte seine Hand.

„Es ist nicht unsere Schuld, Torben, das weißt du. Er war es."

„Wir hätten professioneller vorgehen müssen, dann wäre ihr nichts aufgefallen, sie hätte das Geld gehabt und er könnte seine Bilder anstarren, soviel er wollte."

Wilbert seufzte und sah Lina und Wollmann verzweifelt an.

„Wir wollten Rita finanziell auf die Beine helfen und uns gleichzeitig an meinem Vater rächen. Er hat Rita nur ausgenutzt und aus meiner Mutter, die gerade ihre dritte Alkoholentziehungskur durchführt, ein seelisches

Wrack gemacht. Seine zweite Frau ist so dumm und ihm so hörig, dass es einen anekelt. Als Bauunternehmer ist er nur deshalb so erfolgreich, weil er seine Arbeiter mit Billiglöhnen ausbeutet, aber weil er ja in kulturellen Belangen so eifrig tätig ist, gilt er als untadeliger, angesehener Staatsbürger. Gerade baut er schon wieder einen protzigen Palast, weiß der Himmel für wen oder was diesmal. Er hat Rita umgebracht, davon sind wir überzeugt. Vielleicht hat sie die Fälschungen zurückgefordert oder wollte sie bekannt machen."

Wollmann nickte kauend und mit Plätzchengefüllten Backen.

„Haben Sie das alles auch Herrn Stiefelknecht erzählt?"

Ein Schwall Krümel verlor sich auf dem gefliesten Fußboden.

„Natürlich, aber er erklärte, das mit den Fälschungen bliebe ja in der Familie. Wenn durch den Betrug ein Angehöriger betroffen sei oder der Betrogene mit dem Täter in häuslicher Gemeinschaft lebe, würde die Tat nur auf Antrag verfolgt werden. Zynisch, oder nicht? Er scheint nicht sehr erpicht darauf zu sein, irgendetwas gegen Wilberts Vater zu unternehmen. Dabei würden wir es gerne in Kauf nehmen, selbst eine Strafe aufgebrummt zu bekommen, wenn Neuhaas ebenfalls hinter Gittern wandert. Aber dieser Kommissar wirkte sehr zurückhaltend, was die Fälschungen angeht. Er verbot uns auch strikt, etwas an die Presse durchsickern zu lassen. Deswegen wenden wir uns ja auch an Sie. Wir haben Ihre Adresse in den Unterlagen meiner Mutter gefunden, mit einigen Vermerken, die unsere Thesen untermauern."

Wollmann nickte erneut. Es war klar, dass Stiefelknecht Gründe für seine Zurückhaltung haben musste.

Nicht nur ihrer Freundschaft wegen hoffte Wollmann, dass es sich dabei nur um ehrenhafte handelte.

Wollmann bat darum, Frau Leinewebers Wohnung besichtigen zu dürfen.

„Wir haben da schon nach Hinweisen auf meinen Vater gesucht, aber nichts gefunden", erklärte Wilbert.

„Aber Sie können sich gerne dort umsehen, oder Torben? Sie ist auch seit gestern nicht mehr versiegelt."

Leineweber junior nickte und drückte Wilbert die Schlüssel in die Hand.

Wilbert stieg zu Lina und Wollmann in den Wagen und dirigierte sie problemlos durch den Verkehr. Die Wohnung lag nicht allzu weit entfernt in einem ruhigen Wohnviertel, das von Mehrfamilienhäusern aus den sechziger Jahren beherrscht wurde. Die Vorgärten waren von hohen Hecken oder Nadelbäumen eingefasst, die Rasenflächen allesamt frisch gemäht und von Unkraut befreit. Nur vereinzelt ließen Blumen aus Wassermangel die Köpfe leicht hängen.

„Torben muss die Wohnung bis Ende des Monats geräumt haben, aber er war bisher erst einmal da. Er verkraftet den Tod seiner Mutter nur sehr schlecht. Also habe ich angefangen, ihre Sachen zusammenzupacken. Das meiste will er nicht behalten. Nur einige persönliche Dinge. Wir haben leider kein Auto und das von Rita war geleast." Wilbert schloss den verglasten Eingangsbereich auf und öffnete die einzige Wohnungstür im Erdgeschoss.

„Sollen wir Ihnen beim Transport helfen?", bot Wollmann an und durchschritt die Wohnung mit hinter dem Rücken verschränkten Händen und gemessenen Schrittes. Frau Leinewebers Einrichtungsstil entsprach ganz und gar nicht dem ihrer Galerie. Privat hatte sie romantisch verspielt gewohnt, mit vielen Blumenmustern an den Wänden und einigen bizarren, aber wertvollen Jugendstil- und Biedermeiermöbeln.

Wilbert überlegte kurz.

„Danke, aber das ist nicht nötig. Die Möbel gehen an einen Antiquitätenhändler, die Kleider und Bücher spenden wir."

„Was passiert mit der Galerie?", erkundigte sich Lina und blieb interessiert vor dem Jugendstilensemble in der Essecke stehen. „Wird Herr Leineweber sie weiterführen?"

„Oh Gott, nein. Torben hat genauso wenig Ahnung von geschäftlichen Dingen wie ich. Rita hatte ja Schulden, die er abzahlen muss. Aber es gibt bereits einen Interessenten für die Galerie, der einen anständigen Preis bietet. Damit bleibt für Torben sogar noch ein wenig übrig. Er wird sich ein paar Kunstwerke vorbehalten und dann die Galerie ebenfalls nicht mehr betreten."

„Der Interessent für die Galerie war aber schnell am Zuge." Wollmann zog die Schublade eines Ahornfurnierten Sekretärs auf.

„Nein, eigentlich nicht. Er hat Rita schon seit etwa einem Jahr Angebote gemacht und sie war immer nahe dran, sie anzunehmen, von daher haben wir da keine Bedenken. Ich kenne ihn persönlich, es ist ein netter Kerl, er hat nur zu viel Geld."

„Geben Sie das auch weg?" Lina wies auf ein extravagantes Beistelltischchen.

Wilbert nickte. „Sind Sie interessiert? Wir machen Ihnen einen guten Preis."

Wollmann betastete die Oberfläche der besagten Etageré die von geschnitzten Blumenknospen aus Wurzelholz überwuchert war, und blieb mit einem Faden seines Hemdes an einer aufgesprungenen Stelle des Holzes hängen.

„Schön wär's", seufzte Lina, „aber das sprengt mein schmales Studentenbudget."

„Schauen Sie sich ruhig um. Ich hole einige Sachen."

Wilbert verschwand in ein Nebenzimmer.

„Waren Sie schon mal im Bröhan-Museum?", fragte Lina in Richtung Wollmann, der weitere Schubladen aufzog und in ihrer Leere umhertastete. „Ist ja direkt bei Ihnen um die Ecke, gegenüber vom Schloss. Da gibt es die wunderbarsten Jugendstil-Möbel und Kunstgewerbliches aus der Zeit. Mein persönlicher Favorit ist ja Bernhard Pankok, von dem es im Stuttgarter Landesmuseum einen phantastischen Musikflügel mit unglaublichen Intarsien gibt, der 1904 auf der Weltausstellung in St. Louis zu sehen war und…"

„Hören Sie mir mit Ihren pawlowschen Hunden auf", verbat sich Wollmann. „Ich sagte Ihnen bereits, dass dieser Fall mehr Kunst enthält, als ich verkraften kann. Nur Beiträge zum Thema bitte."

„Bernhard Pankok war einer der wichtigsten deutschen Jungendstilkünstler und kein russisches Experiment", behielt Lina das letzte Wort und Wollmann öffnete schweigend eine Kommode.

Eine halbe Stunde später hatten sie die Durchsuchung der Wohnung erfolglos beendet. Lina warf einen letzten sehnsüchtigen Blick auf die Möbel, bevor sich die Wohnungstür schloss.

Nachdem sich Wollmann später bei Stiefelknecht telefonisch erkundigt hatte, ob ein Konvolut von 20 ungerahmten expressionistischen Frauenakten in der Galerie aufgefunden worden sei, und dies verneint worden war, nicht ohne dass Stiefelknecht seinem Freund erneut und eindringlich von weiteren Nachforschungen abgeraten hatte, stand auch für Wollmann unumstößlich fest, dass Egbert Neuhaas Rita Leineweber, wenn auch möglicherweise im Affekt, umgebracht hatte. Er besaß jetzt die Originale aus dem Nachlass Steinhauers, zwölf gefälschte Bilder aus der ersten Lieferung und 20 gefälschte Bilder aus der zweiten. Was würde er bloß damit machen?

„Wahrscheinlich geschlossen auf den Markt werfen", vermutete Lina. „Damit kann er einen unglaublichen Gewinn erzielen, weil von Steinhauer ja sonst fast nichts da ist."

Wollmann wiegte zweifelnd den Kopf.

„Er wird wissen, dass er Fälschungen hat. Das Risiko, damit jetzt aufzufliegen, ist alleine wegen des Rummels um die tote Galeristin zu groß, außerdem hat er ja für die Bilder keine…"

„Provenienz." Linas Gesicht bekam beim Aussprechen dieses Wortes einen Ausdruck, den Wollmann nur zu gut kannte.

„Es sei denn, Frau Leineweber hat ihm eine gefälscht und…"

„Jetzt keine komplizierenden Mutmaßungen, bitte! Er wird vermutlich so lange warten, bis Gras über die Sache gewachsen ist, und das kann noch dauern. Die Medien sind jetzt erst mal aufgescheucht. Es sei denn im Ausland…"

Wollmann massierte sich die Schläfen. Die Hitze machte ihm zu schaffen.

„Verdammt, es gibt einfach noch zu viele Wenn und Aber in diesem Fall."

„Stimmt." Lina wischte unauffällig einige Waffelröllchenkrümel vom Schreibtisch.

„Bei seinen Verbindungen dürfte es eigentlich auch kein Problem sein, Herkunftsnachweise fälschen zu lassen. Die Bilder wechseln den Safe und das war's. Und wenn Stiefelknecht die Sache mit den Fälschungen noch nicht einmal publik macht…" Lina wedelte unbestimmt mit den Händen. „Also, was machen wir jetzt?"

„Tja, was?" Wollmann öffnete das Fenster und ließ einen Schwall heißer und stickiger Luft herein. Von oben waren das Dröhnen eines Zahnarztbohrers und unterdrückte Schmerzensschreie zu vernehmen. Unten im Hof unterbrach Hausmeister Kalinke seine Fegetätigkeit und winkte freundlich herauf. Schnell schloss Wollmann das Fenster wieder.

„Machen Sie mir noch mal so einen Tee wie gestern? Mit viel Zucker, bitte."

Kapitel zwölf

Stiefelknecht hielt sich gegenüber Wollmann weiterhin bedeckt, was seine Ermittlungsergebnisse anging. In der Galerie wimmelte es nur so von Fingerabdrücken, aber es waren keine von einschlägig Vorbestraften dabei oder die Abdrücke waren zu unvollständig. Die Obduktion immerhin ergab, dass Frau Leineweber tatsächlich an den Folgen eines Sturzes gestorben war. Sie war mit der Stirn auf der Schreibtischkante aufgekommen und den Folgen des Aufpralls erlegen. Allerdings wiesen ihre Oberarme deutliche Druckstellen auf, was darauf schließen ließ, dass sie vorher geschüttelt oder möglicherweise auch gestoßen worden war. Damit bekam Wollmanns Mordthese wieder frischen Aufwind, aber der Hauptverdächtige, Egbert Neuhaas, besaß durch seine Frau ein wasserdichtes Alibi. Da tropfte nichts, auch wenn man noch so heftig am Hahn schraubte. Entweder war Neuhaas zur fraglichen Zeit tatsächlich zu Hause gewesen oder er hatte seine Angetraute wirklich gut im Griff. Torben Leineweber gehörte für Stiefelknecht eindeutig nicht zu den Verdächtigen. Bei Wilbert Neuhaas war er sich nicht so sicher.

Die Beerdigung der Galeristin, zu der Wollmann und Lina mehr aus beruflichem Pflichtgefühl denn aus mitfühlender Trauer gingen, fand in sengender Mittagshitze statt. Wilbert und Torben schienen ehrlich dankbar über ihr Kommen, wenngleich sie ihnen nur kurz zunickten. Die weiteren drei Dutzend Trauergäste ertrugen die Prozedur in ihrer dunklen Pflichtkleidung äußerst tapfer. Für kurze Zeit tauchten zwei Reporter auf, die unmotiviert ihre Fotos schossen und schnell wieder verschwanden, bevor Wilbert oder Torben sie auch nur wahrgenommen hatten. Stiefelknecht persönlich ließ sich während der Zeremonie nicht blicken, Neuhaas schon gar nicht, und auch sonst registrierte Wollmann nichts Außergewöhnliches, wenn man davon absah, dass der Pfarrer über die tragischen Todesumstände der Verblichenen nicht informiert zu sein schien und von friedlichem Dahinscheiden im geliebten Familienkreis redete. Torben trieb dies die Tränen in die Augen und Wilbert starrte den jungen Geistlichen mit blitzenden Augen, aber ohne erkennbaren Erfolg wütend an.

Nach Beendigung des Versenkungsvorganges zogen sich die Trauernden erleichtert in ihre vermutlich klimatisierten Automobile zurück, um die Fahrt zum Leichenschmaus anzutreten, während sich Wollmann und Lina, von einem Baumschatten zum nächsten huschend, nach Karl Steinhauers Grab umsahen. Sie hatten Torben Leineweber aus nachvollziehbaren Gründen nicht darüber informiert, dass seine Mutter zufälligerweise auf dem gleichen Friedhof beerdigt wurde, auf dem sich das angebliche Grab der Person befinden sollte, die, wenngleich unschuldig, als Auslöser der ganzen Tragödie fungierte.

Wie nicht anders zu erwarten, sah die Grabstelle schlecht gepflegt aus. Unkrautpflanzen wucherten dort in unglaublichen Größen und Formen. Spinnen hatten monströse Netze an das schlichte Holzkreuz gewebt In der Inschrift hatten sich Samenkapseln verfangen und geschäftige Käfer trugen gelegentlich eine von ihnen davon. Etliche Schichten alten Laubs moderten in der Hitze träge vor sich hin und verströmten einen unangenehmen Geruch. Der sich ausbreitende, den Stamm des Kreuzes fest in seinem Würgegriff haltende Efeu war allerdings an der Grenze zu den nächsten Grabstellen durch exakte Schnitte abrupt gestoppt worden. Hier begann die Ordnung der gezupften, geharkten, bepflanzten und regelmäßig gewässerten Liegeplätze, die von treuen Hinterbliebenen kündeten. Denen musste das ungepflegte Grab ein stacheliger Dorn im Auge sein, ein Fremdkörper auf diesem gepflegten Terrain. Aber was konnten Hinterbliebene schon tun? Einen Antrag auf Verlegung der Grabstätte stellen, wohlmöglich auf die anonyme Rasenfläche für die unbekannten Soldaten? Eine Initiative zur gemeinschaftlichen Pflege gründen? Den Schuldigen suchen? Wollmann rief seine Gedanken zur Ordnung. Der Friedhof war kein Ort, über dessen Benutzer man harte Urteile fällen sollte. Da gab es, Gartenzwergen und Zaunstreitigkeiten sei Dank, andere Orte zu diesem Zweck.

Von Öttinger waren natürlich keine Blümchen zu erhoffen und seine Haushälterin sowie Egbert Neuhaas sahen es sicherlich als Zeit- und Geldverschwendung an, ein leeres oder gar fremdes Grab zu schmücken. Die Mehrzahl der Verwandten und Freunde Steinhauers hatte vermutlich inzwischen das Endstadium aller irdischen Existenz weit überschritten, so dass als letzte Instanz nur eine unmotivierte Friedhofsverwaltung in Frage kam, die genug damit zu tun hatte, beauftragte Grabpflege durchzuführen.

„Wer da wohl drinliegt?", flüsterte Lina.

„Ich hoffe niemand", antwortete Wollmann in der gleichen Lautstärke.

„Aber das werden wir wohl nur erfahren, wenn sich mein Freund Rolf dazu bequemt, den Fall ordnungsgemäß zu bearbeiten."

Lina zupfte eine leere Zigarettenschachtel, ein Haarnetz sowie einige Strünke aus dem wuchernden Efeu und führte alles einer ordnungsgemäßen Entsorgung zu. Schweigend trat das Gespann seinen Rückzug vom Gelände an.

Kapitel dreizehn

Tagebuch (Auszüge) Elfriede Maria Steinhauer, geb. Öttinger, 28.10.1933 bis 29.03.1938

28.10.1933

Heute hat Karl eine Aufforderung zum Beitritt als Berufskünstler in die Reichskammer der bildenden Künste erhalten. Er wollte das Schreiben schon in den Ofen werfen, aber ich habe ihn bekniet, es nicht zu tun. Er sagte, er gehe schon zu viele Kompromisse ein, und ich hielt dagegen, daß Kompromisse besser seien, als am Hungertuch zu nagen. Wir haben lange diskutiert, und schließlich hat er seufzend nachgegeben. Wenn er seine 'wirklichen' Bilder schon vor seinen Kunden verstecke, könne er ja auch so tun, als wenn er tatsächlich nur 'brave' Bilder male, räumte er mit einem ironischen Unterton ein. Ich war sehr erleichtert, aber ich befürchte, er wird das nicht sehr lange durchhalten. Immerhin ist uns beiden die Lust an Bildern mit mir als Aktmodell, nicht vergangen, und ich genieße es mehr als jemals zuvor, von ihm nackt gemalt zu werden.

20.12.1933
Die Bilder, die Karl im Sommer zu Levin nach Paris geschickt hatte, sind noch immer unverkauft. Ich habe mir gleich gedacht, daß das nicht einfach sein wird. Die Franzosen haben selbst genug wunderbare Maler, da brauchen sie keinen unbekannten deutschen. Gerne würde ich auch noch mal nach Frankreich reisen, aber das können wir uns im Moment nicht leisten. Karl überlegt, ob er privaten Malunterricht geben soll, aber in der Akademie sind jetzt ganz andere am Ruder, von da ist keine Hilfe zu erwarten, und selbst die Initiative zu ergreifen, das ist Karls Sache nicht. Levin bleibt in Paris, dazu hat ihm Karl auch dringend geraten.

12.2.1934
Rosie, Leo und ihre Mutter gehen in die USA, wo sie Verwandte haben. Sie hat keine einzige Kundin mehr und hat mir ihre alte Nähmaschine geschenkt. Auf Wunsch des amerikanischen Sammlers gibt Karl ihr noch einige Aquarelle und Zeichnungen zur Ansicht mit. Ich hoffe bloß, daß eine anschließende Geldanweisung von so weit her keine Probleme bereiten wird und Rosie gut auf die Mappe während der Überfahrt Acht gibt. Sie hat die New Yorker Adresse des Sammlers, und Karl hat ihr einen Begleitbrief mitgegeben. Sie sagte, sie hätte mit den Verwandten in New York noch nie persönlich Kontakt gehabt, aber es müssten doch sehr großherzige Menschen sein, wenn sie nicht nur Rosies Familie, sondern auch der ihres Onkels und noch einer weiteren Familie die Überfahrt bezahlen. Sie sollen drüben wohl

eine große Fabrik haben. Vielleicht kann ihr auch der Sammler mit Arbeit weiterhelfen. Oh Rosie, du wirst mir unglaublich fehlen!

17.6.1934
Wir haben seit vier Monaten weder etwas von Rosie noch vom Sammler gehört. Karl macht sich Sorgen um seine Bilder, ich mir um Rosie.

30.11.1934
Karl hat sich eine schwere Lungenentzündung eingefangen, und der Arzt hat ihm ein absolutes Malverbot erteilt. Gertrud hat schon dreimal frische Hühnersuppe vorbeigebracht.

2.2.1935
Endlich geht es Karl besser! Aber vom vielen Liegen ist sein Knie ganz schwach geworden. Jetzt humpelt er noch schlimmer und braucht zwei Krücken. Ans Malen ist noch immer nicht zu denken.

28.3.1935
Das Schneidern bringt uns inzwischen mehr ein als der Verkauf der Bilder. Karl ist darüber ziemlich frustriert, zumal er sich weniger Farben und Leinwand leisten kann. Aber er klagt nicht, und wir hoffen beide, daß sich die Situation irgendwann bessern wird.

19.10.1935
Gertrud hat Zwillinge zur Welt gebracht. Gesund und munter, die beiden. Was für ein Glück sie doch hat, schon zwei Mädchen im Alter von zwei und sechs Jahren und jetzt noch zwei Jungen auf einen Schlag. Und bei mir tut sich gar nichts. Der Arzt sagt zwar, es wäre mit mir alles in Ordnung, ich müsse nur Geduld haben, aber wie lange noch? In der momentanen Situation

wäre so ein kleiner Wurm zwar schwer durchzubringen, aber ich weiß, daß sich Karl trotzdem unglaublich freuen würde. Ich befürchte, er macht sich Gedanken, daß es an ihm liegen könnte, aber ich wage nicht, ihn auf einen Arztbesuch anzusprechen.

30.7.1936
Den Nachweis unserer arischen Abstammung, den Karl für die Reichskammer braucht und ich für die offizielle Anmeldung des Schneidereigewerbes benötige, konnten wir problemlos erbringen. Ich habe mir nie Gedanken um Begriffe wie Rasse und Andersgläubigkeit oder dergleichen gemacht, aber ich bin wirklich froh, daß weder wir noch jemand sonst in der Verwandtschaft jüdischer Abstammung ist. Und ich bin zum ersten Mal froh, daß Karl diese ernste Verletzung am rechten Knie hat, für die er zwar seit seiner Kindheit einen Stock braucht, die ihn aber bisher vor jeglichem Zugriff seitens des Militärs verschont hat. Der Verbleib von Rosie macht mir Sorgen. Welches Schicksal hat sie ereilt, daß wir nichts mehr von ihr gehört haben? Stellen sie Briefe von Juden einfach nicht mehr zu? Werden Brief in den Poststellen bei verdächtigen Namen aussortiert und zensiert?

19.7.1937
Wie der Zeitung zu entnehmen ist, startet heute im Münchener „Haus der Deutschen Kunst" eine Ausstellung mit dem Titel „Entartete Kunst". Das ist entsetzlich und entwürdigend. Da sind u. a. Werke von Schmidt-Rottluff, Pechstein, Klee, Kirchner und Jawlensky ausgestellt. Wie gut Karl doch viele der Maler kennt, wie gut er ihre Gefühle nachvollziehen können wird. Trotzdem spricht er nicht darüber. Er malt seine Gefühle oder behält sie für sich. Wie kann ich ihm da helfen? Er hat die Zeitung kommentarlos beiseite gelegt und weiter an seinem Auftragsbild für die Familie F. gemalt. Am Hakenkreuz, das im Hintergrund zu sehen sein soll, hat er besonders intensiv herumgepinselt, fast manisch. Manchmal habe ich Angst, daß ihn die ganzen in

seinem Inneren aufgestauten Bilder und Emotionen in den Wahnsinn treiben könnten.

3.1.1938

Karls gute Laune und Euphorie sind zurückgekehrt. Er hat einen Galeristen gefunden, der einige seiner ‚angepassten' Bilder ausstellen will und auch die expressionistischen in einem kleinen Hinterraum. Der Ausstellungskatalog enthält die konventionellen Bilder, und die anderen werden je nach Interessent als lose Blätter dem Katalog beigelegt. Ich halte das für keine gute Idee, ich habe ein ganz ungutes Gefühl bei der Sache. Aber er ist glücklich wie schon lange nicht mehr, das sollte so lange wie möglich so bleiben. Außerdem hat er wieder angefangen, mich zu malen, obwohl ich sagen muss, daß wir uns bei der ersten Sitzung ziemlich schnell weniger der Kunst als anderen, recht weltlichen Gelüsten hingegeben haben ...

15.1.1938

Heute war einer der seltenen Tage, an denen Karl mir aus seiner Kindheit erzählt. Wie sein Vater ihn, so oft es ging, mitgenommen hat in die Ateliers der Künstler, wo er seine Vorschläge für Rahmungen unterbreitete. Wie Karl staunend vor den Bildern von Max Beckmann oder George Grosz gestanden hat. Wie er Max Liebermann stundenlang beim Malen zusehen durfte. Dem großen Max Liebermann, der 13 Jahre lang die Akademie geleitet hat und 1933 wegen seines Judentums Arbeitsverbot erhielt. Er lernte, den intensiven Geruch von Öl und Reinigungsmittel zu lieben, die wenigen, aber wertvollen Unterrichtsstunden, die für ihn heraussprangen. Privater Malunterricht bei Schmidt-Rottluff war das Beste, was der Vater sich für seinen Sohn vorstellen konnte. Er hat immer gehofft, daß Karl einmal Maler wird, wo es bei ihm selbst nur zum Tischler und Vergolder gereicht hat. Wie stolz wäre er heute auf ihn! Wie stolz darauf, daß er mit Künstlern wie Schmidt-Rottluff, Heckel und Pechstein in Kontakt steht, ein

Kontakt, der von Gleichberechtigung und Anerkennung geprägt ist! Der frühe Tod seines Vaters 1924 hat Karl hart getroffen, zumal seine Mutter ein Jahr später starb. Aber wie das ist, weiß ich selbst nur zu gut.

29.1.1938
Nach all der langen Zeit des Wartens kann ich es noch immer nicht glauben, ich bin tatsächlich schwanger!!! Unser Glück ist perfekt im Moment.

Kapitel vierzehn

Zwei Wochen später schwenkte Wollmanns Assistentin triumphierend die allmorgendliche Tageszeitung.

„Neuhaas errichtet Museum in Mitte" sprang es Wollmann auf der Titelseite unübersehbar entgegen, „Eröffnung nach den Sommerferien geplant". Der ausführliche Artikel, der Neuhaas' Person und seine Aktivitäten in höchsten Tönen lobte, wurde von einer Abbildung begleitet, die ihn breit grinsend neben einem Modell seines Projektes zeigte.

„Das ist doch…"

Wollmann fehlten die Worte und Lina knüllte die Werbebeilagen zusammen. Die Druckerschwärze hinterließ schwarze Spuren auf ihren schweißfeuchten Händen, wie Wollmann beobachten konnte. Die schwarzen Flecken wanderten auf ihre Unterarme, bevor er sie warnen konnte. Er reichte ihr ein feuchtes Kleenex.

„Jetzt wissen wir, wofür er die Bilder braucht. Diese Dreistigkeit ist wohl kaum zu überbieten."

„Neuhaas scheint keine Ahnung davon zu haben, dass die Polizei von den Fälschungen weiß, geschweige denn davon, dass sein Sohn in die Sache verwickelt ist", erwiderte Wollmann. „Was spielt Stiefelknecht da für ein Spiel?"

Ärgerlich griff er zum Telefonhörer.

Das folgende Gespräch verlief recht unerquicklich. Während Wollmann Stiefelknecht unter Berufung auf jahrelange Freundschaft um weitere Auskünfte über den Fall Leineweber und zur Person Egbert Neuhaas bat, forderte Rolf Max erneut eindringlich auf, die Finger von der ganzen Sache zu lassen. Schließlich brüllte man sich gegenseitig an und Wollmann knallte den Hörer mit hochrotem Kopf auf.

Lina ignorierte die Tasse Tee, die gegen das Vorzimmerfenster knallte, Risse im Glas hinterließ und Spuren von schwarz-grüner Flüssigkeit hinterließ. Wortlos sammelte sie die Scherben auf und machte sich auf die Suche nach einem Putzeimer.

Wollmann starrte einige Minuten aus dem Fenster, dann suchte er in seinen Schreibtischschubladen nach zuckerhaltigen Powerriegeln. Einen guten Plan konnte er auch ohne Rückendeckung eines guten alten Freundes schmieden. Hoffte er zumindest.

Kapitel fünfzehn

Die nächste Zeit schleppte sich dahin. Ein verschwundener Dackel sorgte kurzfristig für ein wenig Aufregung, ebenso ein Nachbarschaftsstreit, bei dem es um entwendetes Einmachobst, vertauschte Blumenzwiebeln und Rasenmäher, die sich nächtens unerklärlicherweise alleine auf unbefugtes Rasengelände begaben, ging. Eine routinemäßige Beschattung durch Wollmann schrammte nur knapp an einem öffentlichen Skandal vorbei, als er eine biedere Hausfrau mit einem lokalen

Politiker in flagranti ertappte. Sie trug ein absolut unerotisches Putzfrauenoutfit, mit Kopftuch und Gesundheitslatschen, während sie ihrem nur spärlich bekleideten Stelldicheinpartner mit einem feuchten Wischmopp an diversen Körperteilen herumfeudelte. Der ahnungslose Ehemann der Frau, der lediglich hatte wissen wollen, ob sie tatsächlich nur putzen ging und nicht irgendeine andere lukrative Tätigkeit ausübte, die zum gemeinschaftlichen Einkommen hätte beitragen können, reichte geschockt die Scheidung ein. Dem Politiker zwackte Wollmann ein happiges Sümmchen für sein Stillschweigen ab. Das aber auch nur, weil er gerade etwas knapp bei Kasse war. Die Presse hätte für die Fotos weitaus mehr gezahlt, aber Wollmann fand, es reichte, wenn eine Ehe den Bach hinunterging, es musste nicht noch eine zweite samt politischer Karriere sein. Aber trotzdem, man sollte diesen Mann im Auge behalten.

Aufgrund der Ferienbedingt mauen Auftragslage hielt sich Wollmann mehr zu Hause als im Büro auf, hörte nur regelmäßig den Anrufbeantworter ab und hatte endlich mal ausreichend Zeit, seine Heimstätte ein wenig auf Vordermann zu bringen.

Die Poster, die Lina im Büro aufgehängt hatte, waren trotz ihrer heftigen Proteste an die Wand seines heimischen Schlafzimmers verbannt worden, wo sie seiner Meinung nach wesentlich besser aufgehoben waren. Nicht nur, weil sie ihn während der Bürozeiten zu unaussprechlichen Phantasien angeregt hatten, sondern auch, weil eventuelle Klienten nicht gleich verschreckt werden sollten. Das Büro befand sich schließlich nicht auf der Hamburger Reeperbahn.

Wollmann bewohnte ein ehemaliges Gartenhaus im Westend, einst Bestandteil eines großen Villenanwesens, das bereits kurz nach seiner Erbauung um 1900 abgebrannt war. Aufgrund wechselnder Besitzer und nicht mehr nachvollziehbarer Erbschaftsbedingungen teilte er sich den 800 Quadratmeter großen Garten linker Hand mit dem Besitzer eines schicken 70er–Jahre-Bungalows. Rechter Hand waren erst vor kurzer Zeit neue Eigentümer in das marode 50er-Jahre-Häuschen eingezogenen, die er bisher nur einmal kurz gesehen hatte. Hier wurde fleißig umgebaut und renoviert. Auch der dazugehörige Gartenanteil mauserte sich bis zu einer unsichtbaren Grenze zu einem schicken Vorzeigegarten. Wollmann hielt es nicht für ausgeschlossen, dass von dort aus irgendwann Affen oder krächzende Papageien zur Erkundung der Gegend aufbrechen würden. Seine Waschbeton-Terrasse, deren Platten bereits vor Jahren mit Moosen und Flechten bis zur Unkenntlichkeit verstümmelt worden waren und die aufgrund von Buchenwurzeln, die sich höchst unvorschriftsmäßig einen unterirdischen Weg gebahnt hatten, eine nicht unerhebliche Schieflage aufwiesen, sah dagegen verheerend aus. Bisher ging die Wohltätigkeit des Ehepaares nicht so weit, auch hier für Ordnung zu sorgen.

Allerdings sorgte das Fehlen von Grün- und Blühzeug auch dafür, dass Wollmann auf der Terrasse von lästigen Honig-, Schmeiß- und Fruchtsuchern weitgehend verschont blieb. Der Rest seiner Festung war an jeder noch so kleinen Öffnung nach draußen durch Fliegengitter gesichert. Insektenspray harrte in jedem Raum auf einen Notfalleinsatz, und selbst wenn sich Ameisen oder andere Mikroinsekten ihren Weg durch die Fliegengitter gebahnt hätten, wären sie an den direkt dahinter ausliegenden Klebestreifen für Kakerlaken elendig gescheitert. Aufgehängte Fliegenfänger wurden wöchentlich ausgetauscht, auch wenn sich nur Staubfussel in ihre Fänge verirrten. In den Schränken war für gezielte Mottenbekämpfung gesorgt, diverse Duftkerzen und Räucherstäbchenvarianten sollten laut Herstellerangaben selbst geruchsunempfindlichste Spinnen in die Flucht schlagen. Lediglich das Milben-Problem seiner Matratze hatte Wollmann nicht lösen können, aber die waren ja auch unsichtbar, zum Glück. Der Wohnungsherr grübelte außerdem in regelmäßigen Abständen über eine Wasserführende Umrandung der Terrasse nach, die jeden Versuch, auf die Platten vorzudringen, wenn nicht im Keim, so doch in einem H2O-Giftgemisch erstickt hätte. Da er den Freiluftplatz jedoch nur äußerst selten nutzte, schien ihm der Aufwand nicht gerechtfertigt. Vielleicht fand sich eines Tages eine einfachere Lösung.

Die Gitterstäbe vor den Fenstern des älteren Ehepaares und die neu eingebauten Sicherheitstüren zum Garten und zur Straße hin ließen Wollmann vermuten, dass sich Wertvolles in der Wohnung befand. Wollmann hoffte auf Schlangen und Geckos, die den Insekten auf Dauer den Garaus machen würden. An Vogelspinnen oder anderes Getier verschwendete er keinen Gedanken.

Mit einem kritischen Blick in den Spiegel beschloss Wollmann, seine ungesunde Büroblässe ein wenig zu bekämpfen. Er zog aus dem Abstellraum einen abblätternden Liegestuhl mit mürber ausgebleichter Bespannung hervor und knallte sich um zwei Uhr nachmittags in die Sonne. Jedoch nicht, ohne sich vorher drei Schichten Anti-Mücken-Schutz aufzutragen, mit Insekten-Ex einen Bannkreis von drei Metern um seine Sitzgelegenheit zu sprühen und eine Fliegenklatsche bereitzulegen. Bevor er auch nur zwei Seiten eines mitgenommenen Krimis umgeblättert hatte, fielen ihm bereits die Augen zu. In seinen aufgeheizten Kopf stahlen sich Träume und Visionen von garagengroßen Mikrowellen, in die er eigenhändig Horden von Schaben und Silberfischchen trieb. Peitscheschwingend erhob er sich über das geknechtete Insektenvolk und ließ sein höhnisches Lachen erklingen. Die Tiefkühltruhe diente zu Testzwecken als Lager für Tausendfüßler, die sich jammernd dagegen verwahrten bei lebendigem Leibe schockgefroren zu werden. Wollmann ließ sich davon nicht beirren und verfolgte einen Wespenschwarm solange mit einem Käscher, bis er alle gefangen und in siedendes Öl getaucht hatte. Anschließend hielt er seinen Kopf in die Tiefkühltruhe, um sein erhitztes Gemüt zu kühlen.

Als er zitternd aufwachte, befand sich seine obere Körperhälfte samt Kopf im Schatten und irritiert betrachtete Wollmann den Sonnenschirm, der neben seinem Stuhl stand. Schlafwandelte er seit Neuestem oder hatte er bereits einen Sonnenstich? Ein Blick auf die Uhr signalisierte ihm, dass er drei Stunden in praller Hitze gebraten hatte. Die nicht abgedeckten Teile seines Körpers wirkten verdächtig rot, warfen aber immerhin noch keine Blasen.

Während der Begutachtung seiner Gliedmaßen löste sich aus einer Ecke des Gartens das Nachbarehepaar, das sich durch sommerliches Grün, Beige und Blau geschickt getarnt hatte und nun freundlich lächelnd auf ihn zusteuerte.

„Guten Tag, Herr Wollmann." Frau Milde schob ihre Sonnenbrille in ihr straff zurückgekämmtes, kurzes Haar, das durch Gel in Form gehalten wurde. Die Brille klebte sogleich gut fest.

„Sie haben so tief geschlafen, da wollten wir Sie nicht wecken", ergänzte Herr Milde und polierte gewissenhaft an einer kleinen Schaufel herum, bis sie genauso glänzte wie sein nacktes Haupt und sein speckiger Stiernacken.

„Das ist ein alter Schirm von uns, den können Sie gerne haben." Herr Milde ließ seine durchtrainierten Muskeln spielen und stach die Schaufel probeweise in den Rasen. Der Einstich war glatt und sauber. Abgetrennte Grashalme sanken lautlos zu Boden.

„Eh, danke", stotterte Wollmann. Er sortierte noch immer seine Gedanken.

„Sie hätten sich eincremen sollen", vermutete Frau Milde mit einem fachmännischen Blick auf seine roten Hautpartien. Angesichts der Sonne zerrte sie ihre Sonnenbrille wieder auf die gut gepuderte Nase. „Aber der Schirm scheint das Schlimmste verhütet zu haben."

„Sieht so aus." Wollmann richtete sich mühsam auf und versuchte die Sehschärfe seiner Augen zu fokussieren. Nach mehreren erfolglosen Versuchen griff er zu seiner eigenen Sonnenbrille, die bis dato nutzlos ein Beistelltischchen zierte.

Herr Milde ließ währenddessen seinen Blick lüstern über Wollmanns jungfräuliche Terrasse schweifen.

„Sie haben wohl keine Zeit, um es sich hier ein bisschen gemütlich zu machen, wie?"

„Nicht so unbedingt", murmelte Wollmann, dem es langsam peinlich wurde, nur in ausgeleierten Bermudashorts dazusitzen. Trotz heftiger Schmerzen zog er sich ein bereitgelegtes T-Shirt über.

„Die Platten könnten wieder in ihren Urzustand versetzt werden und einige Blumentöpfe würden sich hier sehr gut machen, oder, Hermann?"

Frau Milde wandte sich mit hochgezogenen Augenbrauen Rat suchend an ihren Mann, während sie ihre mitgeführten baumwollenen Gartenhandschuhe überstreifte.

„Man könnte die Terrasse auch mit diversen Sträuchern umpflanzen, dann ist es bei solchen Temperaturen kühler", schlug Herr Milde vor. Ruckartig zog er die Schaufel aus dem Boden und stocherte mit einem Finger in der Rasenwunde herum. Ein durchtrennter Regenwurm landete vor Wollmanns nackten Füßen, die zuckten und schnell in Schlappen verstaut wurden.

Beide sahen Wollmann abwartend an. Er fühlte sich ein wenig wie das berühmte Kaninchen im Bau, vor dessen Eingang es sich der potentielle Beutejäger mit viel Zeit bequem gemacht hatte. Die Flucht nach vorn schien jetzt am sichersten.

„Oh, wenn Sie mit dem Rest des Gartens nicht zu viel Arbeit haben, können Sie sich hier ruhig austoben. Ich habe tatsächlich weder Zeit noch Ahnung, mich darum zu kümmern."

„Wir wollen nicht aufdringlich erscheinen, Herr Wollmann", wehrte Herr Milde unbestimmt ab und hauchte seine Schaufel liebevoll an. „Wir dachten nur, das würde den Garten einheitlicher gestalten, da hat dann jeder etwas davon. Herrn Groß von nebenan werden wir auch noch fragen."

„Natürlich, gerne." Wollmann stand auf und hielt sich wankend am Sonnenschirm fest.

Frau Milde fischte noch eine kleine, hellblaue Plastikflasche aus ihrer grün karierten Schürzentasche.

„Gegen Ihren Sonnenbrand, Herr Wollmann. Sie sollten da wirklich besser aufpassen. Schönen Tag noch."

„Danke, gleichfalls."

Wollmann ergriff die Lotion und flüchtete ins Haus. Aus den Augenwinkeln konnte er gerade noch sehen, wie Herr Milde einen Zollstock zückte und damit begann, die Terrasse zu vermessen. Frau Milde kratzte vorsichtig am grünlichen Plattenbelag und runzelte sichtbar die Stirn.

Im Badezimmer entledigte er sich vorsichtig des T-Shirts und starrte auf eine weiße Fläche, die sich stark vom verbrannten Rest des Körpers abhob. Trotz ausgiebiger Suche fand sich nicht ein Insektenstich. Erleichtert zwang er sich unter die eiskalte Dusche, schraubte anschließend das After-Sun auf und verteilte es großzügig auf seinem gebeutelten Körper. Nach dem Einwerfen eines Aspirins gegen die Schmerzen kramte er deprimiert in den nur spärlich gefüllten Tiefen seines Kühlschrankes und beförderte eine mehr oder weniger gelungene Kombination aus Kalorien, Cholesterin und Farbstoffen zutage, die er hungrig in die Mikrowelle schob. Da ihm sein Traum nicht im Gedächtnis haften geblieben war, löste die Mikrowelle bei ihm keinerlei Emotionen aus.

Sein Blick fiel eher unbeabsichtigt auf seinen geröteten Bauch, in dessen Speckfalten sich Creme und Schweiß sammelten. Welchen ersten Eindruck mochte Lina wohl von ihm gehabt haben? War er ihr zu dick? Ihre Anmerkung mit den zu ändernden Nahrungsgewohnheiten musste wohl so gedeutet werden. Er zog seine füllige Körpermitte probeweise ein, um die Muskeln erschöpft gleich wieder erschlaffen zu lassen. Frustriert programmierte er das Küchengerät. Lina war zehn Jahre jünger als er. Da hatte er überhaupt keine Chance. Außerdem gab es bestimmt einen Freund. Sie erzählte zwar über ihr Privatleben fast nie etwas, aber irgendein adretter, gut aussehender Student gehörte bestimmt dazu. Was wusste er überhaupt über Lina? Sie mochte Äpfel und studierte Kunstgeschichte. Sie nervte ihn häufig genug mit ungebetenen Vorträgen über Kunst.

Kunst. Na ja, solange sie nicht anfing, ihn in Museen zu schleifen!

Was hatte sie letztens noch erzählt? Das bisher teuerste Gemälde sei Vincent van Goghs Porträt eines Dr. Sowieso gewesen, das 1990 bei Christies in New York für fast 80 Millionen Dollar versteigert worden war. Unfassbar. Wer bezahlte diese Summe für ein bisschen buntes Gepinsel? Gleich danach kam irgendein Franzose. Lina hatte ihm doch so eine Liste in die Hand gedrückt. Er wühlte auf seinem Schreibtisch herum. Da war sie ja. Genau, „Dr. Gachet" stand auf Platz 1 der Liste mit den 20 teuersten Gemälden, für 82,5 Millionen Dollar, gefolgt von Renoirs „Bal au Moulin de la Galette", ebenfalls 1990 verkauft, mit gut 78 Millionen Dollar, an dritter Stelle erneut der Niederländer mit seinem „Selbstportrait ohne Bart", das gerade erst im Mai dieses Jahres für einen Preis nur Winzigkeiten unter der Marke des Franzosen den Besitzer gewechselt hatte. Wen gab es denn da sonst noch? Cézanne, Degas – war das nicht der mit den Tänzerinnen? – und Monet. Also international waren eher die Impressionisten begehrt, das hatte er aus Linas Erklärungen auch noch im Kopf. Sein Finger wanderte eine Rubrik tiefer. In Deutschland waren die Expressionisten wie Heckel, Schmitt-Rottluff, Pechstein oder Mueller gefragt, wenngleich zu weitaus moderateren Preisen. Prima Voraussetzungen zum Fälschen von expressionistischen Bildern also, wenn der Markt danach gierte.

Was hatte Neuhaas mit den Bildern vor? Tatsächlich verkaufen? Wollmann griff sich ein Blatt Papier und kritzelte los. Laut Liste war das günstigste Bild in Deutschland 1998 Heckels „Ziegelei" mit 500.000 DM gewesen, bei insgesamt 32 Fälschungen wären das circa 16.000.000 Millionen Mark Gewinn plus den Wert des

Nachlasses. Nein, das schien völlig utopisch. Wollmann strich die Zahl energisch durch. Wenn man 500 Mark für jedes Ölbild ansetzte, kam man gerade mal auf circa 16.000 DM, eindeutig zu wenig für den ganzen Aufwand. Die goldene Mitte mit 160.000 vielleicht? Klang irgendwie auch nicht realistisch.

Was hatte Lina noch erzählt? Bildgröße, Erhaltungszustand, Motiv und Sammlerinteresse, von diesen und weiteren Faktoren hing der Marktwert eines Kunstwerkes ab. Hinzu kam, ob die Werke einzeln auf den Markt geworfen wurden oder als geschlossene Sammlung, mit Expertisen oder ohne. Wie würde alleine der Versicherungswert aussehen? Konnte Neuhaas überhaupt eine Versicherung für die Bilder riskieren? Wollmann zeichnete ein großes Fragezeichen auf seinen Zettel und strich den Rest frustriert durch. Nicht verwunderlich, dass Lina keine Einschätzung hatte abgeben können.

Wollmann beschloss spontan, seiner Stammkneipe um die Ecke einen Besuch abzustatten. Ein- bis zweimal im Jahr war es erlaubt, sich sinnlos zu besaufen. Heute war eine dieser Gelegenheiten und Wollmann war wild entschlossen, sie nicht ungenutzt verstreichen zu lassen.

Auf den „Pinterich" wurde mit einem über der Eingangstür an einer Eisenstange frei pendelnden und bei Wind leise knarrenden Holzschild hingewiesen, das mit einer Ente, die in einem Bierglas schwamm, symbolträchtig auf die Funktionen der Schenke – Suff und schnatternde Gesellschaft – aufmerksam machte. Der Besitzer, Fritz Erich, half Wollmann schon seit Jahren über Lebenskrisen hinweg, denn er besaß nicht nur ein ausgesprochen heiteres Gemüt und ein loses Mundwerk, sondern er konnte auch kurioseste Geschichten zu jedem Thema beisteuern. Über seine eigene Vergangenheit hielt er sich allerdings sehr bedeckt und Wollmann vermutete, dass es da einige kriminelle oder wunde Punkte gab, über die er sich lieber ausschwieg.

Fritz grüßte Wollmann zwinkernd und zapfte ihm ungefragt ein Bier. Wollmann setzte sich zu ihm an die Theke und warf einen Blick in die gut besetzte Runde.

„Läuft ganz gut heute, oder?"

Fritz nickte.

„Ja, samstags ist es immer voll. Wie geht's dir? Warst lange nicht hier. Urlaub?", fragte er mit kritischem Blick auf Wollmanns Hautfärbung.

Der hob die Schultern.

„Heimischer Garten."

„Aha." Fritz setzte ein wissendes Gesicht auf und trug ein Tablett mit gefüllten Schnapsgläschen zum Stammtisch, der heute von einer sechsköpfigen Kegelmannschaft weiblichen Geschlechts belagert wurde.

„Sag mal", erkundigte sich Fritz, der seine Gäste normalerweise nie direkt über ihre Probleme ausfragte, sondern geduldig auf die Zungenlösende Wirkung seiner Getränke wartete oder sich über allgemeine Tagesgespräche gemächlich dem Kern des Pudels näherte, „diese Geschichte mit der Galeristin ist ja ein starkes Stück, hat Stiefelknecht da die Leitung?"

Wollmann seufzte.

„Eigentlich hatte ich die Leitung, bevor der Mord passierte."

„Ach", Fritz blickte betreten und schob Wollmann ein zweites Bier rüber.

„Ein Freund von mir, weißt du, der hat eine Zeitlang in Afrika gelebt, im Kongo, glaube ich. Heißt das heute nicht Zaire? Na, egal. Auf jeden Fall hatte da irgend so ein verrückter Australier eine Galerie mit afrikanischer Kunst eröffnet, verkaufte ab und zu was an Touristen, die vorbeigeschippert kamen. Eines Nachts ist er dann abgemurkst worden und alle Kunstgegenstände fehlten. Was glaubst du wohl, wer das war?"

Wollmann zuckte pflichtschuldig mit den Schultern und rückte ein kratzendes Hemdschildchen im Nacken vorsichtig in eine angenehmere Lage.

„Keine Ahnung. Eine eifersüchtige Ehefrau vielleicht?"

„Nee", wieherte Fritz, „irgend so ein einheimischer Voodoopriester, der das Ganze als Götterlästerung empfand, weil es sich fast ausschließlich um Kultobjekte gehandelt hatte. So als wenn du hier von Nonnen geschnitzte Kreuze mit wundertätiger Eigenschaft an Japaner verscherbelst. Nein, warte, schlechtes Beispiel."

Fritz hielt kurz inne beim Zapfen.

„Mehr so wie unerlaubter Reliquienverkauf, glaube ich. Gebeine von Heiligen und so."

Wollmann verkniff sich den Kommentar, dass der Vatikan für solcherart Handel möglicherweise auch bedenkenlos morden lassen würde, wollte aber Fritz' einmal in Gang gesetzten Redefluss nicht durch unqualifizierte Bemerkungen unterbrechen.

„Zurzeit gibt es ja hier auch jede Menge Kunst, die auf merkwürdige Weise verschwindet", wisperte Fritz ihm vertraulich zu.

„Wie meinst du das?", horchte Wollmann auf.

Fritz entschuldigte sich kurz und kassierte bei einem schmusenden Pärchen in der schummrigsten Ecke der Kneipe ab. Sie verschwanden knutschend durch die Tür in die Nacht und ließen würzige Nachtluft hinein. Ein rüstiges Rentnertrio setzte lautstark seine Skatrunden fort und Fritz kam mit leeren Gläsern zur Theke zurück, die er gleich ins Wasserbecken steckte.

„Jede Menge Fälle von Kunstversicherungsbetrug. Frisch abgeschlossene Policen, Kunstobjekte verschwinden, die Versicherung zahlt ohne Murren."

„Woher weißt du das?" Wollmann schlürfte sein drittes Bier.

„Max", Fritz sah ihn tadelnd an. „Ich bin wie ein Priester, ich gebe doch meine Quellen nicht preis."

Zwei Stunden später ging es Wollmann schon erheblich besser. Die Sonnenbrandschmerzen waren durch den Alkohol betäubt, die Gänge zur Toilette häuften sich, das disharmonische Singen, das der Kegelclub in regelmäßigen Intervallen anstimmte, wirkte zunehmend angenehmer und auch über die Geschichten, die der Kneipier weiterhin zum Besten gab, konnte er sich bestens amüsieren. Rülpsend prostete er den Rentnern zu, die ihrerseits bereits nicht mehr ganz nüchtern wirkten.

„Und jetzt baut er ein Museum in Mitte", wusste einer der Rentner unvermittelt zu berichten.

„Der Neuhaas, oder wer?" Die beiden anderen schauten gelangweilt.

„Davon habe ich auch gehört", mischte sich Wollmann leicht schwankend ein. „Kennen Sie Neuhaas persönlich?"

„Ach was." Rentner Nummer eins blickte ihn leicht schielend an. „Mein Sohn Matthias arbeitet da in der Buchhaltung. Nicht gerade gut bezahlt, aber man darf sich ja nicht beklagen, wenn's der Rente dient." Alle drei kicherten albern.

„Ich dachte, Neuhaas wäre so großzügig?" Wollmann deutete Erich an, eine Runde Schnaps für die Rentner zu bringen.

„Nach außen ja, aber intern nicht gerade. Es geht sogar das Gerücht um, dass er illegal Bauarbeiter bei sich beschäftigt, natürlich über dubiose Unterfirmen, von denen er sich im Notfall distanzieren kann."

„Aha." Wollmann rutschte näher heran und verteilte kleine Gläschen.

„Er macht auf Zeitungsfotos immer so einen vertrauenerweckenden Eindruck, glauben Sie, der hat tatsächlich keine reine Weste?"

„Der?" Der Hauptrentner plusterte sich wichtig auf.

„Matthias sagt immer, wenn er mir erzählen dürfte, was da so abgeht, dann würden mir die Haare zu Berge stehen. Aber das macht er natürlich nicht, Betriebsgeheimnis und so."

Der Rentner zwinkerte seinen Zuhörern verschwörerisch zu und senkte die Stimme.

„Da ist bald eine Razzia fällig, sagt mein Sohn, das hat er im Gefühl. Das hatte er auch damals, als unser Nachbar ein Verhältnis mit seiner eigenen Schwiegertochter anfing, und das auch nur, weil…" An dieser Stelle klinkte sich Wollmann aus und fand zur Theke zurück.

Kapitel sechzehn

Es half alles nichts, all dieses Herumschleichen um den heißen Brei führte ins Leere. Wollmann fühlte sich durch Fritz' Bierbetankung halbwegs gewappnet und stieg in den Keller hinunter. Hier lagerten die Erbstücke seiner vor vier Jahren verstorbenen Eltern. Kartonweise Bücher zum Thema Kunst, dazu Lampen und alte Möbel, die dringend aufgearbeitet werden mussten, bevor sich der Holzwurm ihrer bemächtigte.

Schon seit dem ersten Besuch im Altenheim beschäftigten Wollmann diverse Dinge. Er schaltete eine originale 70er-Jahre-Leselampe ein und betrachtete ein Foto seiner Eltern. Sein Vater Ferdinand war ein nüchterner Mensch gewesen, der nur das Nötigste sprach und sich hauptsächlich um seinen erfolgreichen Elektroinstallationsbetrieb gekümmert hatte, den er später um einen Lampenladen erweiterte. Seine Mutter Marta war das genaue Gegenteil gewesen. Gefühlvoll, labil und ständig über den Sinn des Lebens sinnierend. Das Verhältnis seines Vaters zu seinen Schwiegereltern Ernst-Otto und Luise (die Eltern väterlicherseits hatten den Krieg nicht überlebt) war nie das Beste gewesen, weswegen sich Ferdinand auch zunächst mit Händen und Füßen dagegen sträubte, in das geerbte Haus zu ziehen. Aber da es reichlich Platz bot und auf weitere Kinder gehofft wurde, konnte sich Marta gegen ihn durchsetzen. Martas Vater Ernst-Otto starb, als Max fünf war, die Großmutter folgte drei Jahre später. In Wollmanns Erinnerung war dieses Haus damals voll von Antiquitäten und einer großen Meißener Porzellansammlung, aber merkwürdigerweise hatte kein einziges Bild an den Wänden gehangen, abgesehen von Familienfotografien. Ähnlich wie die Räumlichkeiten Öttingers hatte die Wohnung der Großeltern bei ihm stets Unbehagen ausgelöst. Als er dies einmal gegenüber seiner Mutter in kindlicher Naivität erwähnte, hatte sie ihn sehr seltsam angeschaut und „Du bist ein guter Junge" gesagt.

Ferdinands Bedingung für den Einzug war dann auch die komplette Entrümpelung gewesen. Der Erlös ermöglichte die Anschaffung schicker 60er-Jahre-Möbel, ergänzt um die neuesten Beleuchtungsmodelle – eine Umgebung, in der nun auch Max wohnte und in der er sich wohl fühlte. Einzig ein barocker Sekretär hatte die Räumung überlebt, weil Marta kurzfristig einem Nervenzusammenbruch nahe gewesen war und zumindest auf diesem einen Erinnerungsstück beharrt hatte. Ferdinand hatte ein Anschaffungsverbot für neue Antiquitäten verfügt, war jedoch zeitgenössischer Kunst gegenüber aufgeschlossen gewesen. Aber Marta verweigerte sich in einem Punkt ebenso wie schon ihre Eltern. Das Haus blieb auch bei ihnen ohne Bilder.

Wollmann zog einen alten Karton aus eben diesem Sekretär hervor. Der in zittriger Handschrift verfasste, eindringliche Vermerk „Privat!!!" verriet Martas Eigentum. Wollmann hatte ihn schon häufiger seit dem Tod seiner Mutter in der Hand gehabt. Hier fanden sich Fotos von Max als Baby auf dem Lammfell, von Ferdinand mit seinen zwei Angestellten vor dem neueröffneten Lampenladen, von Ernst-Otto und Luise vor einer Kunsthandlung, von Marta und einer Freundin im Strandbad Wannsee und Ähnliches mehr.

Er legte die Fotos beiseite und fischte einen Umschlag hervor, der schon Jahrzehnte auf dem Buckel hatte. „Zur Geburt von Max" war durchgestrichen worden und durch „Zu Max 21. Geburtstag" ersetzt worden.

Warum hatte er ihn nie geöffnet?

Aufgrund des Gewichts tippte Wollmann auf eine Münze oder einen Schlüssel. Seine Hand schwebte über dem Brieföffner und sank dann herab. Wollte er wirklich Familiengeheimnisse lüften?

Er gab sich einen Ruck, riss den Umschlag auf und starrte erneut auf die Schrift Martas.

Berlin, den 5. August 1955

Lieber Max,
ich weiß nicht, wie alt Du sein wirst, wenn Du dies liest. Hoffentlich alt genug, um die Handlungsweisen aller Beteiligten nachvollziehen zu können. Der Schlüssel gehört zu einem Schließfach unserer Hausbank. Deine Großeltern, Ernst-Otto und Luise, haben dort Gegenstände deponiert, die sie sich unrechtmäßig angeeignet haben. Sie haben dafür auf ihre Weise gesühnt, aber nie den Mut gehabt, den rechtmäßigen Besitzer ausfindig zu machen. Auch wir hatten diesen Mut nicht. Vielleicht Du?

In Liebe Deine Mutter Marta

Erschöpft ließ Wollmann den Brief in den Karton fallen. Er hatte so etwas geahnt. Dunkel erinnerte er sich daran, wie er als Kind im Kohlenkeller des Großvaters einen ganzen Nachmittag hatte verbringen müssen, als Strafe für eine Tat, die ihm entfallen war. Eingebrannt dagegen hatte sich das Bild einer toten Katze, die dort in der Ecke lag und an der es von Käfern und Maden nur so wimmelte. Wollmann hatte anschließend drei Tage nichts essen können, aber da sein Großvater ein Mann von Prinzipien war, ließ er auch diesen Ungehorsam durch weitere Stunden im Kohlenkeller austreiben. Marta und Ferdinand, die gut gelaunt von einer kleinen Ostseereise zurückkamen, erzählte er davon nichts. Auch der Großvater sagte nichts. Danach weigerte sich Wollmann strikt, alleine bei seinen Großeltern zu bleiben, und bald darauf starb Ernst-Otto an einem Herzinfarkt. Auf der Beerdigung des Großvaters hatte er vor Freude über dessen Tod geweint, jetzt weinte er sich um des Weinens willen selbst in den Schlaf.

Ein Frühstück und drei Aspirin später rief Wollmann Lina an und lud sie für den Abend ein. Er sah noch große Informationsdefizite in Sachen Kunst, die er von ihr behoben haben wollte.

Als sie mit einem Haufen Lesestoff unter dem Arm in seiner Tür stand, musterte sie ihn mitleidig.

„Na, Sie haben aber einen hübschen Sonnenbrand. Tut bestimmt weh, wie?"

Sie blieb in einer der Kakerlaken-Fallen kleben und zerrte ihren rechten Schuh los.

„Sie wollten etwas mit mir besprechen?"

Sie blickte sich interessiert um, da sie die privaten Räume ihres Chefs zum ersten Mal betrat. Beim Anblick der zahllosen von der Decke herabhängenden Fliegenstreifen weiteten sich Linas Pupillen ein wenig, aber Wollmann war für solcherart Ausdrucksnuancen momentan nicht empfänglich. „Ja, setzen Sie sich doch. Möchten Sie ein Glas Wein?"

„Gerne." Während Wollmann in die Küche eilte, schob Lina mit ihrer linken Schuhspitze zwei mumifizierte Wespen unter das Sofa.

Die anschließende Unterhaltung verlief ein wenig einseitig. Lina dozierte meisterhaft und blätterte routiniert in den Katalogen, während Wollmann meist nur nickte und „Ach ja!" hervorbrachte. Immerhin blieben einige Schlagworte und Daten bei ihm haften. Der derzeitige Anteil gefälschter Kunst betrug vermutlich um die 50 Prozent. Insbesondere Druckgrafiken von Picasso, Dali, Chagall und Miro erfreuten sich in Fälscherkreisen großer Beliebtheit. Wie konnte man da sicher sein, ein Original zu erwerben? Oder was, wenn die angeblichen Originale, die Experten als Vergleich heranzogen, bereits unerkannte Fälschungen waren? Gab es überhaupt Sicherheit auf diesem Markt?

Lina musste dies verneinen.

„Lassen Sie mich überlegen, war es 1994? Jedenfalls ist damals einem deutschen Kommissar namens Schiller oder so ähnlich etwas gelungen, was seine niederländischen Kollegen vorher zehn Jahre lang vergeblich versucht hatten, nämlich den holländischen Fälscher Jan van Bergen alias Geert Jan Jansen zu stellen. Im französischen Orléans konnten damals Hunderte von Bildern sichergestellt werden. Nach französischem Recht müssen Fälschungen vernichtet werden, aber Jansen behauptete, es wären Originale darunter. Ein kniffliges Problem. Ich weiß gar nicht, wie sie das schließlich gelöst haben. Ich glaube, der Leiter des Städtischen Museums in Amsterdam machte eine Eingabe, in der er das Risiko, eventuell Originale zu zerstören, für nicht tragbar hielt. Ich meine, Jansen ist schließlich zu einem Jahr Haft verurteilt worden. Seine Karriere begann übrigens mit Karel-Appel-Postern, die er signierte und als originale Lithografien verkaufte. Irgendwann fand die Polizei in seinem Haus in Edam", Lina kicherte, „nein, nicht in seinem Haus, das war schon leer, sondern unter der Decke einer Käsehandlung, über 70 gefälschte Appel-Lithografien. Der Oberstaatsanwalt machte mit Jansen einen Handel. Jansen würde nicht strafrechtlich verfolgt werden, wenn er verspräche, während der nächsten drei Jahre keine Fälschungen herzustellen. Natürlich hat er sich nicht daran gehalten. Oder doch?" Lina schien kurzeitig verwirrt. Wollmann füllte ihr Weinglas nach und sie setzte ihre Ausführungen fort.

Laut Lina rankten sich auch zahlreiche Anekdoten um den Meisterfälscher Hans van Meegeren, der vornehmlich bekannte niederländische Künstler des 17. Jahrhunderts, wie zum Beispiel Vermeer – an dieser Stelle erläuterte Lina noch einmal ihre Theorien, die vormals bei den Ausführungen zu Hitler und seinem Sammelwahn im Ansatz hatten stecken bleiben müssen – oder Pieter de Hooch, zu fälschen pflegte und sowohl Experten als auch Polizei jahrelang an der Nase herumführte. „Erst vor kurzem musste das Essener Folkwangmuseum einen Teil der Bilder seiner Jawlensky-Ausstellung als Fälschungen outen, ein Skandal, dessen Ursprung sich mindestens bis in das Jahr 1992 zurückverfolgen lässt!", empörte sich Lina und nippte an ihrem Wein.

Über den Expressionismus blieb Wollmann weiterhin in Erinnerung, dass er um die Jahrhundertwende einsetzte, in Deutschland die Künstlergruppen „Die Brücke" und „Der Blaue Reiter" hervorbrachte und dass in Deutschland Maler wie Kirchner, Kollwitz, Barlach oder Nolde dazugerechnet wurden. Bekannt waren selbst ihm der Norweger Edward Munch und sein Bild „Der Schrei", dessen Hauptfigur es im Munch-Museum in Oslo inzwischen sowohl zur aufblasbaren Plastikpuppe, in verschiedenen Größen erhältlich, als auch zu Schlüsselanhängern jeglicher Machart gebracht hatte.

Lina wies nachdrücklich darauf hin, dass es den expressionistischen Malern auf die Sichtbarmachung ihrer Gefühle und Stimmungen ankam und sie unter anderem geprägt durch den 1. Weltkrieg waren, so dass sich in den Gemälden, Zeichnungen und Grafiken häufig verzerrte Abbildungen in aggressiver Farbgebung wiederfanden, die heutige Betrachter entweder noch immer schockierten und abstießen oder eben gerade anzogen.

„Ganz ausgestorben ist der Expressionismus ja nie", erklärte Lina weiter. „Da gab es nach dem 2. Weltkrieg noch den abstrakten Expressionismus, den Neoexpressionismus oder auch den Tachismus."

Wollmann hing fasziniert an ihren Lippen und kippte den Wein zum Bierrestalkohol dazu. Dieser Mund, diese Augen, diese Haare. Ach, wenn er Steinhauer hieße, würde er sie in Rosa und Hellblau malen, mit einem zarten Lila an den Beinen und weinroten Wangen. Als auch Lina nichts mehr einfiel, klappte sie die Bücher zu und versank entspannt in der Couchgarnitur.

„Nett haben Sie es hier, Herr Wollmann." Ihr Blick schweifte durch den Raum und blieb an einer Socke hängen, die vorwitzig unter einer Kommode hervorlugte. Wie hätte sie ahnen können, dass es sich hierbei um eine ausgeklügelte Insektenfalle handelte?

„Danke."

Er konnte die Augen nicht mehr von ihr wenden. Hoffentlich machte er jetzt keine Dummheiten, die er später bereuen würde. Lina räusperte sich und rutschte ein kleines Stück näher. Irgendwie schien der Moment gekommen zu sein, in dem sie von ihm Initiative erwartete. Wollmann griff nervös nach seinem Weinglas, als sein Blick zufällig auf die Broschüre des Altenheims fiel, die vor ihnen auf dem Couchtisch lag.

„Mein Gott, dass mir das nicht eher aufgefallen ist!" Mit einem Schlag war er wieder nüchtern.

„Was denn?"

Lina wischte sich irritiert ein paar Tropfen roter Flüssigkeit von ihrem Arm.

„Hier!"

Er zeigte auf das Personalbild, das die gesamte Pflegebelegschaft ablichtete und beim Namen nannte.

Lina konnte nichts Auffälliges erkennen.

„Da sind die schwarzhaarige Frau, die Herrn Schönfärber betreut, und unsere blonde Lieferantin Sybille. Und die Namen einiger Pfleger werden aufgelistet, unter anderem der von Torben Leineweber."

Wollmann riss ihr die Broschüre ungeduldig aus der Hand.

„Ja, das ist schon klar, aber der hier, das ist das Entscheidende."

Er tippte auf den Leiter der Klinik.

„Heinrich Auer", las Lina und zuckte ratlos die Schultern.

„Ach ja." Wollmann entsann sich in seinem Alkoholdurchwirkten Gehirn dunkel, dass Lina bei dem zweiten Gespräch mit Öttinger gefehlt hatte.

„Auer leitete die Privatklinik, in die Steinhauer eingeliefert worden war und in der er angeblich verstorben sein soll."

Lina warf einen zweiten Blick auf die Abbildung.

„Der sieht gar nicht kriminell aus, aber vielleicht sind nicht nur Torben Leineweber und Wilbert Neuhaas ins Fälschungsgeschäft verstrickt, womöglich steckt das ganze Heim dahinter und sie haben da noch mehr Rentner sitzen, die irgendwie produktiv tätig sind", scherzte sie.

„Ich fahre sofort morgen früh noch einmal dahin", entschied Wollmann, der für Humor jetzt keine Antenne hatte.

„Okay." Lina stand auf. „Ich mache mich dann besser jetzt auf den Heimweg."

Sie sah ihn abwartend an, aber Wollmann war so mit Denkarbeit beschäftigt, dass er den ursprünglichen Grund für ihre Herbeorderung völlig aus den Augen verloren hatte und sie nur noch gedankenverloren zur Tür begleitete.

In der Nacht träumte er ausgesprochen schlecht. Gelbe und neongrüne Fratzen starrten ihm aus dem Kühlschrank entgegen, von der Bettdecke schwappten

Unmengen blutroten Weins über sein Gesicht, Schönfärber vergriff sich sabbernd an Lina, die ihn kokett gewähren ließ und anschließend ein Huhn köpfte. Öttinger verfolgte ihn schimpfend mit seinem Krückstock und Neuhaas versenkte ihn mit höhnischem Gesichtsausdruck im Estrich seines neuesten Gebäudes. Leider entpuppte sich der Estrich als Masse aus Maden, die sich schmatzend an seiner Haut zu schaffen machten. Schweißgebadet wachte Wollmann auf und blinzelte aus verklebten Augen den Wecker an. Halb vier. Mit brummendem Schädel schleppte er sich zum Fenster und riss es weit auf. Die kühle Nachtluft belebte ihn ein wenig, Mücken und andere nachtaktive Insekten klatschen surrend gegen das Fliegengitter. Hastig knipste Wollmann das Licht aus, schlich zurück zum Bett und wälzte sich die nächsten Stunden ruhelos umher, bevor er gegen Morgen einschlief.

Kapitel achtzehn

Schwester Inge schien sich nicht sofort an Wollmann zu erinnern, was er in erster Linie seinem verschlafenen und verkaterten Aussehen zuschrieb. Als er jedoch den Namen Karl Meier allen ließ, blitzte der Funke der Erkenntnis in ihren Augen.

„Ich dachte schon, Sie würden sich hier nicht mehr blicken lassen", tat sie vorwurfsvoll kund. Fasziniert beobachtete Wollmann, wie ihre Narbe über dem Auge sich beim Sprechen bewegte.

Er hatte sich am frühen Morgen bereits telefonisch vorab einen Termin bei Auer geben lassen und unter Angabe eines falschen Namens suggeriert, dass er seine reiche Erbtante im Heim zu platzieren gedenke, diese Einquartierung aber nur persönlich mit dem Leiter besprechen wolle, um sich von der Ausstattung und Führung der Institution ein exaktes Bild machen zu können. Schwester Inge schickte ihn daher diesmal in die zweite Etage, wo er nach einmaligem Klopfen in ein steriles, weiß getünchtes Zimmer gerufen wurde. An den Wänden plätscherten langweilige Meeresphotographien in Schwarz-Weiß dahin, eine kleine Bibliothek beschränkte sich auf in Leder gebundene Luxusausgaben medizinischer Standardwerke. Der dunkle Schreibtisch immerhin wurde von einer klassischen und kostbaren Art-déco-Lampe geschmückt.

Hermann Auer war einer dieser Menschen, die jeden Blickkontakt zu ihrem Gesprächspartner erfolgreich vermieden und alleine durch ihre Nervosität den Eindruck von Schuld erweckten. Wie er es zum Besitzer einer Privatklinik und schließlich zum Leiter dieses Altenheims hatte bringen können, war Wollmann ein Rätsel. Vermutlich nur durch jede Menge Verbindungen. Die Klinik Auer hatte seinen Nachforschungen zufolge jedenfalls Pleite gemacht. Entweder hatte Auer die potentiellen Patienten erfolgreich vergrault, einen schlechten Finanzberater gehabt oder er hatte irgendetwas vertuschen müssen, beispielsweise eine lebende Leiche.

Wollmann fühlte sich sowohl körperlich als auch geistig noch immer nicht auf der Höhe seiner Zeit und spielte mit Auer ein belangloses Frage- und Antwortspiel, bevor er ihn beiläufig auf seine ehemalige Klinik ansprach.

„Warum mussten Sie eigentlich schließen? Eine Freundin meiner Mutter ist dort sehr gut versorgt worden", betonte er und lächelte Auer unschuldig an.

Dessen Hände fingen merklich an zu zittern.

„Eh, wir hatten interne Schwierigkeiten, die es mir leicht machten, in die Altenbetreuung überzuwechseln, der schon immer mein eigentliches Interesse gegolten hat", stotterte sich Auer zurecht und Wollmann fragte sich ernsthaft, wer das Haus tatsächlich leitete. Auer mit Sicherheit nicht, der schien für diese Art von Position denkbar ungeeignet.

Die personifizierte Antwort kam postwendend zur Tür herein.

„Ach, Schatz, ihr habt schon angefangen."

Ein extrem schlankes Energiebündel stellte sich als Auers Gattin und stellvertretende Leiterin vor.

Ärgerlicherweise behinderte ihr Auftreten Wollmanns Vorhaben, Auer weiter zu befragen. Die Anwesenheit seiner Frau schien auf ihn äußerst beruhigend zu wirken. Seine Hände hörten auf zu tattern und er überließ ihr dankbar die Gesprächsführung. Wollmann würgte sich noch ein paar Angaben und Fragen zu seiner nicht existierenden Tante heraus, wobei er unbewusst auf Öttinger als Dummy zurückgriff, und verabschiedete sich dann schnell. Den Gang in sein Büro sparte er sich auch heute.

Beim nächsten Abstecher in die Detektei traf Wollmann fast der Schlag. Das Büro sah aus, als hätte eine Bombe eingeschlagen. Hier war eindeutig irgendetwas sehr dringend gesucht worden.

„Neuhaas", stieß Wollmann wütend hervor und watete durchs Chaos, um eine vorläufige Verlustliste aufzustellen.

Tatsächlich, die Unterlagen Leineweber/Neuhaas fehlte ebenso wie das Portogeld, immerhin knapp 25 Mark. Sein Computer schien dagegen auf keinerlei Gegenliebe gestoßen zu sein. Wollmann startete ihn hastig und rief seine Dateien auf. Ein Wunder, die Daten der Akte waren noch da, sofort machte er eine Kopie auf

CD und zur Sicherheit noch einen Ausdruck. Anschließend begann er aufzuräumen, da er nicht vorhatte, dieses Ereignis der Polizei zu melden und schon gar nicht Stiefelknecht. Er hielt gerade kniend Linas Bewerbungsunterlagen samt Foto in der Hand, als sich Kalinke durch die noch offen stehende Eingangstür bemerkbar machte.

„Herr Wollmann, sind Se da?"

„Hier hinten, Herr Kalinke", rief Wollmann aus der Deckung seines Schreibtisches.

Kalinke sah sich erstaunt um.

„Wat is' denn hier passiert?"

„Ein Einbruch."

Wollmann richtete sich leicht schwankend auf. Sein Kreislauf war nicht der stabilste.

„Wie entsetzlich!"

Kalinke riss die Augen geschockt auf.

„Bei Ihnen jetzt auch?! Haben Se schon die Polizei verständigt?"

„Nein, das habe ich nicht vor."

„Nicht?" Kalinkes Augen wurden noch größer. „Aber ..."

„Herr Kalinke."

Vertraulich nahm ihn Wollmann beiseite.

„Was ich Ihnen jetzt sage, muss unter uns bleiben, verstehen Sie?"

Der Hausmeister nickte gewissenhaft.

„Ich ermittle in einem Fall, der höchste Diskretion verlangt, und ich habe bereits einen Verdacht, wer das hier gewesen sein könnte. Im Übrigen ist nichts Wichtiges gestohlen worden, aber ich werde den Täter eigenhändig zur Strecke bringen, wenn Sie verstehen, was ich meine."

„Natürlich."

Er erntete bewundernde Blicke.

„So ein heldenhafter Mann wie Sie. Wissen Sie, der Rudi …"

„Haben Sie denn vielleicht etwas Verdächtiges bemerkt?", fiel ihm Wollmann skrupellos ins Wort.

Kalinke runzelte angestrengt die Stirn.

„Es tut mir wirklich leid, Herr Wollmann. Ich bin ja sonst immer da, aber gerade dieses Wochenende war ich mit meiner Frau unterwegs, die Schwiegereltern in Gelsenkirchen besuchen. Wir sind ers' Sonntagabend um neun wieder da gewesen, also muss dat irgendwann, waaten Se mal …", er rechnete anhand seiner Finger nach, „… zwischen Samstagmorgen um elf, da sind wir losgefahren, und gestern Abend passiert sein."

Er sah zerknirscht aus. Wollmann schüttelte aufmunternd den Kopf.

„Das ist doch nicht Ihre Schuld, Herr Kalinke, machen Sie sich da bloß keine Vorwürfe."

Er schlappte geknickt von dannen. Keine zehn Minuten später stand er wieder im Türrahmen.

„Eh, Herr Wollmann, die Tonnen sind ja eigentlich voll, aber ich könnte Ihnen da noch…"

Er hielt ihm zwei große blaue Säcke hin.

„Danke nein, Herr Kalinke", Wollmann ließ seinen Blick über die Unordnung schweifen, „ich befürchte, das meiste brauche ich noch."

Später am Tag kam er endlich dazu, im Falle Leineweber weiter zu recherchieren. Die ehemalige Privatklinik Auer war knapp ein Jahr nach dem angeblichen Tod Steinhauers geschlossen worden, weil Vorwürfe wegen Steuerhinterziehung zunächst zu einem eklatanten Patientenschwund und schließlich zum finanziellen Ruin geführt hatten. Auer brachte das Gerichtsverfahren mit einer hohen Geldstrafe glimpflich hinter sich und brauchte drei Jahre, um sich eine neue Klinik aneignen zu können. Allerdings keineswegs aus eigenem Antrieb, sondern durch die Heirat mit Anna Segler, Psychologin und einziger Spross des erfolgreichen Schönheitschirurgen Ferdinand Segler. Damit war klar, wer das Sagen im Laden hatte. Und Überraschung des Tages: Egbert Neuhaas fungierte als Auers damaliger Anwalt. Vermutlich hatte er ihn erst zur Steuerhinterziehung ermuntert, dann noch für Auers Verteidigung abkassiert und anschließend geschickt die Sache mit Steinhauer eingefädelt. Wollmann notierte die wichtigsten Infos und legte sie auf Linas Schreibtisch. Vielleicht würde sie noch mal hereinschauen.

Als Wollmann am Abend erschöpft zu Hause eintraf, blinkte sein privater Anrufbeantworter ziemlich hektisch. Nur gut, dass er kein Handy besaß, auch wenn ihm Lina die Notwendigkeit eines solchen stets zu erklären versuchte.–Ächzend fiel er aufs Sofa und griff sich die Fernbedienung seines TV-Gerätes. Im Bild tauchte eine hübsche Moderatorin auf, neben der mehrere extrem vergrößerte Fotos auf staffeleiähnlichen Gebilden und ein leicht griesgrämig blickender Mann positioniert waren. Im Hintergrund scharten sich Menschen um eine überdimensionale Marmorfigur.

„Ich melde mich heute aus der Stuttgarter Staatsgalerie. Neben mir steht Kommissar Schiller. Er arbeitet für das Dezernat Kunst und Antiquitäten des LKA Baden-Württemberg und wird uns einige Beispiele von typischen Kunstfälschungen zeigen."

Die Moderatorin wandte sich an ihren Gesprächspartner, der die verschränkte Position seiner Arme vor der Brust aufgab und seine Hände in die Hosentaschen wandern ließ.

„Herr Kommissar Schiller, Sie sind unter anderem spezialisiert auf ‚Artnapping'. Was ist darunter zu verstehen?"

„Kriminalhauptkommissar bitte und nicht Schiller, sondern ..."

„Entschuldigung."

Das Mikro zuckte kurz von einem Gesicht zum anderen.

„Nun, bei Artnapping werden Kunstwerke gestohlen, um sie anschließend an den Eigentümer zurückzuverkaufen und ..."

„Sie sind auf den Bereich der Grafik spezialisiert?"

Die Moderatorin schob mit ihrem Fuß ein schwer gerahmtes Gemälde beiseite, um sich Platz zu verschaffen und sich besser positionieren zu können.

„Eh, ja, aber im Bereich der Kunstfälschung, das hat aber nichts mit Artnapping zu tun. Außerdem..."

Im Hintergrund wanderte die Menschentraube schwatzend weiter und ließ die Skulptur ungeschützt zurück. Wollmann entdeckte entblößte Genitalien, nackte Brüste und viel weißen Marmor.

„Wie sieht es mit Beutekunst aus?"

Das Gemälde wurde weiter geschoben und fiel mit einem lauten Poltern um. Der Kriminalhauptkommissar zuckte zusammen und verschränkte erneut die Arme vor der Brust. Ein flinker Helfer in ausgebeulten Jeans tauchte auf und trug das Gemälde aus dem Bild. Die Moderatorin sandte ihm missbilligende Blicke hinterher.

„Eh, das ist wieder ein ganz anderes Thema, vielleicht könnten wir erst mal..."

Die Dame vom Fernsehen lächelte unbeeindruckt.

„Das machen wir später."

Wollmann gähnte und nickte ein. Als er zehn Minuten später hoch schreckte, hatte der Ermittler der Moderatorin das Mikro aus der Hand genommen und beklagte die schlechte Personalsituation in Deutschland: „In Italien und Frankreich beschäftigen sich bis zu 300 Ermittler mit dem Thema Kunstfälschung, in Deutschland gibt es gerade einmal fünf klägliche Dienststellen." Kriminellen wie Kujau, Mrugalla und Lämmle könne man das Handwerk nur mit mehr Personal legen, wetterte er eindrucksvoll, wobei er zu vergessen schien, dass unter den Genannten bereits verstorbene und nicht mehr aktive waren. Den Fälschungsanteil an allen zum Verkauf angebotenen Gemälden schätzte er auf rund 40 Prozent, den der Druckgrafiken gar auf bis zu 70 Prozent. „Mit steigender Tendenz!", drohte er abschließend. Wollmann knipste die Flimmerkiste aus und rollte sich unter einer flauschigen Decke auf seinem Sofa zusammen. „Keine Kunst mehr, bitte!", murmelte er. „Keine Kunst mehr!"

Zur Kaffee- und Kuchenzeit traf ihn die Erkenntnis so häppchenweise wie das Anlaufen seiner Gehirnfunktionen. Die Fächer seines Schreibtisches standen offen, die Kleiderschranktüren waren nicht geschlossen, Kaffeebohnen, Marmelade und Zucker ergaben auf dem Küchentisch eine unappetitliche Masse und sämtliche Bücher aus den Regalen bildeten unübersehbare Häufchen am Boden. Jetzt hatten sich wohl auch hier Schnüffler umgesehen. Wollmann ließ sich, noch immer verkatert, auf sein Sofa fallen und genehmigte sich erst mal einen Cognac. Das geleerte Glas beäugte er kritisch. Die Sauferei nahm in letzter Zeit irgendwie überhand, das musste er dringend abstellen. Sein Blick wanderte suchend umher. Neuhaas schreckte vor nichts zurück.

Erst das Büro, dann seine Privatwohnung. Eine kurze Bestandsaufnahme ergab, dass auch hier, wie schon im Büro, nur Bargeld fehlte. Seine Kreditkarten trug er zum Glück immer bei sich und sonst war nichts Wertvolles zu holen gewesen. Obwohl, irgendetwas fehlte, er kam nur nicht drauf, was. Wollmanns Gehirn war zurzeit ebenso wie sein Körper auf unbestimmte Zeit in den Streik getreten. Müde schleppte er sich erneut Richtung Schlafzimmer. Irgendwie fühlte er sich seit Tagen matt und fiebrig. Der Hals schmerzte, der Magen rumorte. Das konnte nicht nur am Alkohol liegen. Er schlüpfte erneut in sein Bett, das noch immer den Geruch von Kneipe und Zigarettenqualm verströmte, und schlief auf der Stelle ein.

Stunden später riss ihn das Telefon aus unruhigen Träumen.
„Herr Wollmann? Kalinke. Entschuldigen Sie die Störung, aber hier is' jemand, der gerne mit Ihnen sprechen würde. Er hat vor Ihrem Büro gewartet, aber weil Sie ja im Moment nich' so oft da sind, wusste ich nicht, ob ich ihm Ihre Adresse geben sollte, vielleicht …"
„Schon gut, Herr Kalinke", krächzte Wollmann heiser.
Der Hörer wechselte geräuschvoll das Ohr.
„Herr Wollmann, Sie Schlingel, Sie wollten mir doch neue Vorlagen vorbeibringen, oder nicht?", tönte es ihm lebhaft entgegen.
Wollmann glaubte, sich verhört zu haben.
„Herr Schönfärber, sind Sie das?"
„Allerdings!"

Eine halbe Stunde später saß der alte Herr auf Wollmanns Sofa und labte sich an kühler Cola. „So was kriegt man bei uns ja fast gar nicht."

Wollmann musste immer noch den Schock verdauen, der ihn ereilt hatte, als er Schönfärber bei Kalinke abgeholt und dabei festgestellt hatte, dass der Maler keineswegs auf einen Rollstuhl angewiesen war.

„Ach, das ist nur Show. Es macht einfach mehr Spaß, in der Gegend herum geschoben zu werden, wissen Sie."

Wollmann quälten noch weitere Fragen: Woher hatte er seine Büroadresse, wieso war er hier, würde man ihn woanders nicht vermissen?

Schönfärber kicherte schelmisch.

„Ich habe so meine Quellen und Verbindungen, Wollmännchen. Ich mache häufiger solche Ausflüge. Da meckert keiner, schließlich bezahle ich ja 'ne Menge Kohle für den Schuppen. Ich könnte auch alleine leben, aber warum? Dort habe ich einen 24-Stunden-Service, hübsche Pflegerinnen, mein eigenes Atelier, was will man mehr?"

Vielleicht Privatsphäre, schoss es Wollmann gequält durch den matschigen Kopf und er warf einen schnellen Blick auf seine Armbanduhr.

Nicht schnell genug. Schönfärber hatte es mit Adleraugen bemerkt und grinste.

„Keine Sorge, ich bin bald wieder weg. Sonst komme ich durch mein Hintertürchen nicht mehr herein."

Er lehnte sich zurück, vergriff sich an einem weiteren Bier und wurde ernst.

„Ich bin nicht so beschränkt, wie ich wirke, Herr Wollmann. Die letzten Bilder, die ich wie am Fließband gemalt habe, waren alle von einem Maler und sie sind spurlos aus dem Heim verschwunden. Ich weiß, dass da irgendein kriminelles Ding läuft, das sagt mir meine Nase. Ich bin nicht daran interessiert, finanziellen Gewinn aus der Sache zu ziehen, das habe ich weiß Gott nicht mehr nötig. Aber ich will verdammt noch mal wissen, wo meine ganzen Bilder hingekommen sind, da steckt unglaublich viel Arbeit drin, wissen Sie das? Ich male seit über einem Jahr an diesen Dingern. Und wenn ich was mache, dann mache ich es richtig. Wie ich Sie einschätze, haben Sie längst in meiner Vergangenheit gewühlt und einiges Spannende zu Tage gefördert, oder?"

Wollmann gab es zu.

„Dann wissen Sie auch, dass meine Kopien perfekt sind. Nur die besten Farben und Leinwände, gepaart mit sehr viel hart erkämpfter Erfahrung und unzähligen Tricks, nach denen sich die heutigen Schnösel von Fälschern alle zehn Finger lecken würden. Torben Leineweber hat sicher keine Ahnung von meiner zurückliegenden brillanten Karriere, sonst wäre er vermutlich vorsichtiger in der Auswahl seines Kopisten gewesen."

„Ich glaube, ihm kam die Idee erst, als er Sie und Ihre bis dahin gemalten Bilder sah", warf Wollmann ein.

„Das würde erklären, warum er bei der Motivwahl ziemlich nachlässig vorging", bestätigte Schönfärber.

„Alle Bilder aus zwei Katalogen, idiotisch. Kein Wunder, dass seine Mutter Verdacht schöpfte. An meinen Ausführungen kann es nicht gelegen haben, da liefere ich nur erstklassige Qualität. Bei den Bildern Steinhauers gibt es übrigens eine nette Erleichterung für Fälscher, aber Erschwernis für Kunsthistoriker. Sie sind grundsätzlich unsigniert und undatiert. Sämtliche Angaben beruhen auf den zeitgenössischen Ausstellungskatalogen und späteren Zuschreibungen."

„Ich weiß." Wollmann nickte matt.

Schönfärber grunzte zufrieden.

„Wie hat Herr Leineweber Sie eigentlich so lange bei der Stange halten können?", erkundigte sich Wollmann weiterhin und amüsierte sich im Stillen über Schönfärbers Selbstbeweihräucherung. „Sie wechseln die Maler doch lieber ziemlich häufig, oder?"

„Stimmt."

Schönfärber grabbelte nach Wollmanns zwei Wochen alten Erdnüssen in einer verbeulten Dose.

„Aber seine Motivationsseminare waren eine nette Abwechslung. Er köderte mich mit gratis Malutensilien, heimlichen Ausflügen ins Grüne, Curry-Wurst und sogar mit zwei Puffbesuchen."

„Aha." Da bohrte Wollmann lieber nicht nach.

„Und wie begründete er sein Interesse an so vielen Bildern Steinhauers?"

Schönfärber warf sich eine weitere Ladung Erdnüsse ein und zermalmte sie geräuschvoll. Er schien keine Probleme mit schlecht sitzenden Gebissteilen zu haben.

„Oh, seine Erklärungen kamen der Wahrheit recht nahe. Seine Mutter sei Galeristin, die sich auf Repliken spezialisiert habe und ganz versessen auf Arbeiten dieses einen Malers sei. Er hat mir sogar eine eigene Ausstellung dort versprochen. Ich wollte ihn immer mal darauf festnageln, aber seit dem bedauerlichen Tod seiner Mutter hat sich das für mich natürlich erübrigt."

„Wenn Sie ahnten, dass Ihre Bilder an Frau Leineweber gingen, warum haben Sie nicht versucht herauszubekommen, an wen sie von dort aus weitergehandelt wurden?"

„Das will ich ja gerade von Ihnen wissen. Sie haben doch bestimmt schon eine heiße Spur?" Der alte Fälscher ließ die letzten Erdnüsse in seinen Mund tropfen und leckte seine Salzverkrusteten Finger ab.

„Tja." Wollmann überlegte kurz. Schönfärber steckte ziemlich tief drin in der Sache, warum sollte er ihn nicht in die wichtigsten Fakten einweihen? Vielleicht konnte er sich noch als nützlich erweisen.

Am meisten schockierte Schönfärber die Tatsache, dass Steinhauer quasi Tür an Tür mit ihm lebte.

„Der Karl Meier", sinnierte er. „Ich habe nie viel zu tun gehabt mit ihm. Bei nur etwa dreißig Bewohnern läuft man sich zwar zwangsläufig über den Weg, aber bei seinen Gedächtnislücken ist ja jedes Gespräch weitgehend sinnlos. Ich glaube, er hat sogar ein- oder zweimal meine Bilder gesehen, aber meines Wissen nach nie außergewöhnlich reagiert."

Schönfärber versank in grübelndes Schweigen und Wollmann nahm die Gelegenheit wahr, die leere Erdnussdose gegen Salzstangen in Plastik einzutauschen.

„Warum haben Sie sich eigentlich aus dem aktiven Kunstleben zurückgezogen? Sie hätten doch noch gut weiter Geld auf ehrliche Art verdienen können."

„Na ja, das habe ich auch, aber verdeckt. Nachdem die Polizei mich einmal auf dem Kieker hatte, musste ich pausieren. Mit meinen legalen Repliken habe ich erst Jahre später wieder angefangen. Aber ehrlich gesagt ist das nur Tarnung. Im Hintergrund läuft nach wie vor jede Menge weiter." Er zwinkerte verschwörerisch.

„Warum aber wohnen Sie ohne Notwendigkeit in einem Altenheim?" Wollmann griff ebenfalls nach den Knabberstangen.

„Ich sagte schon, ich fühle mich wohl dort. Nennen Sie es schizophren oder auch verschroben, ganz wie Sie wollen. Man könnte es auch Sicherung des Erbes nennen."

„Gierige Kinder?"

„Mordlüsterne Enkel."
Schönfärber rollte übertrieben mit den Augen.

Später lehnte er es dankend ab, von Wollmann nach Kladow zurückgefahren zu werden. Stattdessen führte er ein kurzes Gespräch über sein Handy. Anschließend schlich er neugierig durch die Wohnung.

„Sieht es bei Ihnen immer so aus?" Er deutete auf das Einbruchschaos und stupste amüsiert einen der Fliegenstreifen an.

Wollmann wedelte nur unbestimmt mit den Händen und räumte ein wenig auf.

„Ich hatte heute mit keinem Besuch gerechnet."
Schönfärber lugte bereits um die nächste Ecke.

„Sie halten wohl nicht viel von Kunst, oder?", fragte er, als er in der Küche zerknitterte Poster mit Pastavarianten erspähte.

„Nicht so", gab Wollmann zu, „aber Frau Stolze…"

„Ah, Frau Stolze…" Schönfärber ließ genießerisch seine Zunge schnalzen und riss optimistisch den Kühlschrank auf. Enttäuscht klappte er ihn gleich wieder zu.

„Ein Gourmet sind Sie auch nicht gerade."
Wollmann verschränkte beleidigt die Arme.

„Wie gesagt, auf Besuch…"

„Also, eigentlich wollte ich ursprünglich zu Frau Stolze, sehr hübsche und kluge junge Dame. Aber ihre Adresse habe ich leider nicht ermitteln können. Wohnt bestimmt bei ihrem Freund, oder?"

Wollmann schwieg und zog sich ins Wohnzimmer zurück. Schönfärber äugte kurz ins Bad und öffnete schließlich die Tür zum Schlafzimmer.

„Na wunderbar."

Erfreut steuerte er auf die Poster von Lina zu.

„Ein Botero, wie schön!"

Er nahm ihn ungefragt von der Wand und rollte ihn zusammen.

„He!", protestierte Wollmann. „Das ist ein Geschenk!"

„Genau, an mich."

Schönfärber lächelte.

Von der Straße hupte es.

„Ah, mein Wagen. Herr Wollmann, es hat mich sehr gefreut. Halten Sie mich auf dem Laufenden." Er strebte zur Tür und hielt inne. „Ach, Wollmännchen, gehen Sie zum Arzt, Sie sehen gar nicht gut aus im Moment." Schon war er draußen.

Wollmann stellte sich ans Fenster und starrte ihm mit einem betäubten Kopf voller unbeantworteter Fragen hinterher.

Schönfärber stieg in einen wunderschönen alten Rolls-Royce mit Chauffeur und ließ zum Abschied noch einmal hupen. Der Wagen fuhr an und kam abrupt wieder zum Stehen, als das Ehepaar Milde das Haus verließ. Auch nachdem sie in ihren Jeep gestiegen und fort gefahren waren, blieb der Rolls noch eine Weile an seinem Platz. Eines der Fenster öffnete sich und entließ eine nur kurz angerauchte Zigarre auf den Asphalt. Erst dann setzte er sich gemächlich in Bewegung und bog um die nächste Ecke.

Warum klaut der meinen Botero, grübelte Wollmann. Der könnte sich eine ganze Bibliothek mit Katalogen und Bildbänden kaufen. Ach was, eine ganze Gemäldegalerie. Verstehe einer die Welt. Kraftlos schlurfte er in die Küche, erbeutete ein paar Schokoriegel und zwei Flaschen Mineralwasser, die er anschließend in sein Wohnzimmer schleppte. Ein Blick in den Spiegel brachte ihn zum Einwerfen von drei Aspirin, dem Ausstöpseln seines Telefons und dem Aufsuchen seines Sofas.

Schlapp zappte er sich durch die TV-Programme. Ein regionaler Sender brachte erste Bilder von Neuhaas' geplantem Museumsbau. Den Rest verschlief Wollmann. Das bedrohliche Surren an seinem Ohr eine halbe Stunde später nahm er nicht mehr wahr.

Kapitel neunzehn
Tagebuch (Auszüge) Elfriede Maria Steinhauer, geb. Öttinger– Zeitraum: 27.2.1938 bis 18.10.1938

27.2.1938
Im Haus der Kunst, nahe beim Reichstag, haben sie gestern die Schau aus München eröffnet. Schmidt-Rotluff ist alleine mit über 20 Arbeiten vertreten. Karl weigert sich hinzugehen, aber ich werde sie mir heimlich anschauen.

27.3.1938
Ich bin fassungslos. Sie haben die Galerie liquidiert. Die neuen Besitzer haben Karls Bilder wegbringen lassen und weigern sich, sie ihm zurückzugeben. Sie seien in ihren Besitz übergegangen, behaupten sie, und würden der Sammlung „Entartete Kunst" hinzugefügt. Karl hat so lange herumgetobt, bis sie ihn für 24 Stunden eingesperrt haben. Es war fürchterlich. Seitdem ist er nicht mehr derselbe. Als sie heute Morgen kamen, um auch die Bilder aus seinem Atelier mitzunehmen, ist er in die Küche gegangen und hat weder etwas gesagt noch etwas dagegen unternommen. Sie haben ihm auch ein Schreiben mit der Aufforderung dagelassen, seinen Malstil an den verordneten Richtlinien auszurichten, sonst drohen ihm ein Ausschluss aus der Reichskammer und Malverbot. Ich hatte zum Glück immerhin seine Skizzenmappe auf dem Dachboden verstecken können, in dem alten Wäschekorb, wo die Katzen immer ihre Jungen zur Welt bringen. Dort haben sie nicht gesucht. Sie haben eh nicht sehr gründlich gesucht, haben nur das mitgenommen, was gerade so herumstand. Sogar

das fast fertige Gruppenportrait der Familie G., obwohl das doch schon angezahlt ist und eigentlich ihren Anforderungen an Kunst genügen müsste. Was sollen wir jetzt nur machen? Wovon sollen wir leben?

28.03.1938
Ob sie Karls Bilder auch in den BEHALA-Speicher gebracht haben? Die Ungewissheit bringt ihn noch um.

7.6.1938
Gott sei Dank. Sie waren heute wieder hier und haben die Auftragsbilder und einige banale Landschaften und Stilleben zurückgebracht. In einem Brief teilen sie Karl mit, daß dieser Teil der Bilder mit den Richtlinien ihrer Kunstverordnung konform gehe und sie von daher die „entarteten Bilder" (immerhin fast 30 Ölbilder!) als Ausrutscher betrachten bzw. auf den Einfluss schädlicher, staatsfeindlicher Subjekte zurückführen würden, mit der eindringlichen Aufforderung, diese Subjekte unverzüglich zur Anzeige zu bringen. Jetzt macht sich Karl auch noch Sorgen um Schmidt-Rottluff, obwohl der ihn doch gar nicht beeinflusst hat. Er muss jetzt wirklich vorsichtig sein mit dem, was er malt. Ausstellen wird er seine zukünftigen wahren Arbeiten auch vorläufig nicht können. Der Verlust seiner bisherigen Bilder schmerzt ihn mehr, als er zugibt. Es waren ja nur so wenige, weil er sich so viel Zeit damit lässt. Ich hoffe nur, daß ihn das nicht blockiert. Die gerettete Skizzenmappe ist für ihn nur ein schwacher Trost. In was für einer Welt leben wir denn bloß? Hat das denn kein Ende?

10.10.1938
Die Schmerzen im Unterleib, die ich seit Tagen immer wieder habe, machen mir Angst. Aber der Arzt kann nichts feststellen. Gerda ist bei Fragen diesbezüglich auch nicht sehr hilfreich.

Ihre Schwangerschaften verliefen, auch bei den Zwillingen, komplikationslos.

18.10.1938
Der Schmerz und die Trauer sind unendlich und eigentlich nicht in Worte zu fassen, deshalb versuche ich es erst gar nicht. Ich wollte die Tagebücher gleich verbrennen, nachdem sie Deinen kleinen weißen Sarg in dieses dunkle schwarze Loch haben hineingleiten lassen. Aber dann dachte ich, wie ungerecht wäre es, meine Aufzeichnungen nur für diese eine Tochter geplant zu haben. Nein, ich werde warten. Auf ein zweites Wunder hoffen und die Tagebücher weiterführen. Sicher nicht sofort, aber sobald ich dazu wieder in der Lage bin.

Teil ZWEI
Berlin-Mitte, Herbst 1998

Die Pressekonferenz zur Eröffnung des „Museums Neuhaas" platzte aus allen Nähten. Der Kulturbegeisterte Bauunternehmer hatte bis zuletzt erfolgreich verheimlichen können, mit welchen Werken seine Sammlung bestückt sein würde, und die Spekulationen schwankten zwischen moderner amerikanischer Malerei, Designobjekten aus den baltischen Gebieten und mongolischer Fotografie des 19. Jahrhunderts.

Die Exponate waren in einer geheimen Aktion herangeschafft und die großen Glasfassaden durch heruntergelassene gigantische Sonnenjalousien vor aufdringlichen Blicken geschützt worden. Allen am Aufbau beteiligten Personen einer Potsdamer Ausstellungsfirma wurde unter Androhung diverser Strafen und gleichzeiiger großzügiger Entlohnung jegliche Verlautbarung über die Objekte untersagt.

Das Gebäude selbst unterschied sich kaum von typischen anderen modernen Museumsbauten und erinnerte Lina von außen stark an das berühmte Guggenheim-Museum im spanischen Bilbao, allerdings in einer stark geschrumpften Variante. Vermutlich war es eines dieser Museumsgebäude, die unendlich viel Fläche und Raum aufweisen, von denen aber nur ein Bruchteil für die Bilder zur Verfügung stand, weil man diese ja nicht einengen und auch dem Besucher Platz zum Atmen lassen wollte. Lina sah ihre Befürchtungen einer unsinnigen Platzverschwendung beim Betreten des Foyers bestätigt, während Wollmann an seinem einengenden Schlips herumfummelte und die gläserne Konstruktion der Eingangskuppel bestaunte. Er hatte über einen Freund Presseausweise und Einladungskarten auf falschen Namen erstehen können und nun mischten sie sich unter das aufgeregte Medienvolk, das aus ganz Deutschland eingetroffen war. Selbst Fernsehkameras schwenkten suchend umher, vermutlich mit größerem Interesse an der schwadronierenden High Society als an der Architektur oder der Ausstellung.

Es bestand kaum die Gefahr, dass Neuhaas sie in diesem Gedränge entdecken würde, zumal Wollmann Monate zuvor unerwartet zehn Kilo abgespeckt und Lina ihre Haarfarbe mittlerweile von Paprikarot auf Braun gewechselt hatte.

In den Fieberphasen seiner damaligen Krankheit hatte ihn dieses Rot in die verschiedensten Vorhöllen begleitet. Anknüpfend an seine erste Grippe-Vision vom Wein auf der Bettdecke schwamm er in Flüssen von Blut, in denen ihm fiese Blutkörperchen Kinnhaken verpassten und Öttingers Stock ihn in monotonem Rhythmus in die Seite piekste. Eher angenehm fand er im Nachhinein die Vorstellung, Neuhaas aus dem obersten Stock seines Bürogebäudes in eine blubbernde, stinkende Masse aus gelber, grüner und roter Farbe geworfen zu haben. Am schlimmsten aber waren die Kakerlaken gewesen, die ihn Kaugummikauend umringten, ihm unerträgliche Schlagerschmonzetten vorsangen und ihm seine Beinbehaarung auszupften. Bevor sie zu den empfindlichen Regionen seines Körpers vordringen konnten, war er stets rechtzeitig aufgewacht.

Lina war zum Glück damals spontan bei ihm durch das offene Badezimmerfenster eingestiegen, als er tagelang weder im Büro noch zu Hause telefonisch zu erreichen gewesen war und die Post aus seinem Briefkasten quoll. Das notwendigerweise zerstörte Fliegengitter ersetzte sie unauffällig.

Dass ein staunender Arzt ihm zwischenzeitlich ein heißgelaufenes Thermometer aus verschiedensten Körperöffnungen entfernt und bereits eine Krankenhauseinweisung in Betracht gezogen hatte, wusste er nur aus den Erzählungen Linas. Über den hinterhältigen Grippevirus, gepaart mit einer durch exotische Insekten übertragenen Infektion und einer äußerst seltenen Allergie gegen eine verbreitete Pflanzenart, hüllte sie sich wohlweislich in Schweigen. Auch über eine unbekannte chemische Substanz in seinem Körper, die vermutlich über die Haut in seinen Blutkreislauf eingedrungen war, berichtete sie ihm nichts. Man sollte ihrer Meinung nach Männer – vor allem, was ihre Gesundheit anging – nicht mehr als unnötig aufregen. Die Haus-Herzensglück-Broschüre, die sie zusammen mit ihren Büchern versehentlich eingesteckt hatte, legte sie kommentarlos wieder an ihren Platz auf dem Couchtisch.

Lina hatte sich so gut um Wollmann gekümmert, dass er die vier Wochen seiner Krankheit glänzend überstand. An die geänderte Haarfarbe hatte er sich inzwischen gewöhnt, die Tatsache, dass Lina tiefe Einblicke in seinen Junggesellenhaushalt hatte werfen können, trieb ihm noch immer die Schamesröte ins Gesicht.

Lina entdeckte Herrn Schönfärber, der sich mit sichtlichem Behagen von einer Krankenpflegerin in seinem Rollstuhl durch das Gewühl schieben ließ. Er trug ein buntes Hawaiihemd unter seiner Anzugjacke und seinen Kopf zierte ein schicker Strohhut. Er winkte enthusiastisch und ließ sich von seiner Begleitung direkt auf sie zusteuern.

„Na, Sie haben mir nicht zu viel versprochen", lobte er und schickte die Schwester mit einem unauffälligen

Pozwicker kurz außer Reichweite, um sich ungestört unterhalten zu können.

„Das Gebäude ist ja schon einmal angemessen. Ich bin nur gespannt, ob meine Bilder tatsächlich hier hängen werden, und vor allen Dingen, wie. Und dann der direkte Vergleich mit Originalen des Künstlers, genial."

„Sie werden aber nichts verraten, oder? Wie sind Sie überhaupt an eine Einladung gekommen?", erkundigte sich Wollmann, an dessen geistigem Auge majestätisch ein Wagen der Oberklasse vorbei glitt.

„Beziehungen, wie immer."

Schönfärber zeigte seine Zähne.

„Und ich mische mich in nichts ein, keine Sorge. Ich habe da volles Vertrauen zu Ihnen, Wollmännchen, Sie dröseln das schon irgendwie auf. Außerdem bin ich gespannt, ob es nicht einen sachverständigen Dummkopf hier in der Menge gibt, dem etwas auffällt. Aber vermutlich hat Neuhaas alle maßgebenden Experten bewusst außen vor gelassen. Bin mal gespannt auf seinen Sachverständigen."

„Wollmännchen?" Lina grinste belustigt.

„Sind Sie sich bei Ihrem letzten Treffen näher gekommen? Hat er Sie unsittlich belästigt?"

„Haha." Wollmann verschränkte die Arme. „Sagen Sie mir lieber, was wir über den Kunstsachverständigen wissen."

Lina runzelte die Stirn.

Pünktlich um elf Uhr ertönte ein dezenter Gong, der die Besucherhorde dazu aufforderte, die große Aula zu betreten und Platz zu nehmen. Aufgrund des großen Andrangs erwischte nicht jeder einen der exotisch geformten Stühle in hellem Buchenholz und grauem Leder, obwohl sich die Presseleute schon weit nach vorn gedrängelt hatten, um sich die beste Ausgangsposition für ihre Berichterstattung zu erkämpfen. Auf einer leicht erhöhten Bühne nahmen die Redner Platz.

Die verschiedenen Sprecher schwangen ihre ermüdenden Büttenreden zwei Stunden lang, bevor der Oberbürgermeister nach einem eigenen kurzen Vortrag endlich die zappelnde Katze aus dem Sack ließ:

„Und so darf sich unsere Stadt stolz eines ersten Museums des allseits bekannten Expressionisten Karl Steinhauer rühmen, der in Berlin geboren wurde und viele Jahrzehnte hier künstlerisch gewirkt hat."

Aufgeregtes Tuscheln und Raunen im Saal. Wer war Karl Steinhauer?

Der Oberbürgermeister verwies mit pathetischer Geste auf Neuhaas.

„Ich darf das Wort nun an den Initiator des Projektes weitergeben, der dieses Museum völlig ohne finanzielle Hilfe auf die Beine gestellt und der damit einen unschätzbaren Beitrag zur kulturellen Szene unserer Stadt, ja, der ganzen Bundesrepublik geleistet hat, an Herrn Egbert Neuhaas!"

Applaus brandete auf, als der Ex-Anwalt das Podium bestieg, die Blitzlichter zuckten hektisch und die Fernsehkameras surrten euphorisch. Gleichzeitig stupste Lina ihren Chef an.

„Ich muss dringend raus hier, mein Kreislauf macht schlapp."

„Jetzt?" Wollmann sah sie ungläubig an.

„Es wird doch erst spannend."

„Ich weiß." Lina fächelte sich mit der Hand Luft zu.

„Es tut mir leid, aber die stickige Luft hier und die Hitze ..." Tatsächlich sah Lina bedrohlich blass aus und Wollmann kämpfte sich mit ihr zur Tür durch.

„Kann ich Sie alleine lassen?"

Lina nickte schwach.

„Ich suche nur kurz die Toilette, dann bin ich wieder da. Machen Sie sich keine Sorgen um mich. Verpassen Sie nicht die Fragerunde!"

Wollmann trat zurück in die Aula und bekam eines der Hochglanzheftchen, welche die wichtigsten Informationen zum Museum und zur Ausstellung enthielten, in die Hand gedrückt. Sie wurden im ganzen Saal von Sonnenstudioverwöhnten Hostessen mit dünnen Armen auf dünnen Beinen verteilt. Auf dem Cover prangte ein großes Foto von Neuhaas, posierend vor einem der Frauenakte und süffisant lächelnd. Bei dem Untertitel „Egbert Neuhaas, Bauunternehmer und Sponsor zahlreicher kultureller Institutionen, schenkt unserer Stadt ein neues Museum" verzog Wollmann angewidert das Gesicht. Gleichzeitig näherte sich Neuhaas dem Ende seiner Rede.

„Ich möchte damit meinen Beitrag zur Wiedergutmachung für die Opfer des Naziregimes leisten, das Künstler wie Steinhauer als entartet einstufte und damit das kulturelle und intellektuelle Leben Deutschlands für lange Zeit lahmlegte."

Erneut ließ sich die Menge zu tosendem Beifall hinreißen.

„Um Sie nicht länger auf die Folter zu spannen, sollten wir uns nun die Ausstellung unter qualifizierter Leitung meines persönlichen Kunstberaters ansehen. Vorausgesetzt, Sie haben keine Fragen, die nicht bereits durch die Broschüre abgeklärt wurden. Die Presse kann sich in der Eingangshalle auch auslegende Mappen mitnehmen. Außerdem sind Kataloge zu erwerben."

Doch, ich hätte da einige Fragen, rief Wollmann in Gedanken und versuchte sich nach vorne durchzukämpfen, aber die Meute der Reporter hatte sich bereits geschlossen in Gang gesetzt und Neuhaas samt Ehegattin entschlossen umringt, um mit ihnen gemeinsam die Ausstellungsräume zu betreten. Die Gier nach verwertbarem Fotomaterial überwog hier erst einmal die Neugierde auf weitere Informationen. Wollmann wurde mehr oder weniger unfreiwillig mitgezogen in die heiligen Räume.

Von der Seite sprach ihn unerwartet seine Nachbarin, Frau Milde, an.

„Ach, Herr Wollmann, Sie hier? Ich wusste gar nicht, dass Sie sich für Kunst begeistern. Herrmann, sieh mal, wer hier ist!"

Der Ehegatte löste sich gut getarnt aus einer Menschenmenge und schüttelte Wollmann die Hand.

„Wie schön, Herr Wollmann, sind Sie beruflich hier oder privat?"

„Eh, eher privat sozusagen." Er versuchte, Neuhaas im Auge zu behalten. Herr Milde entschuldigte sich. „Ich bin leider schon verplant. Beruflich." Wollmann nickte beiläufig und ertrug nun wieder Frau Mildes Small Talk. „Wir haben Sie ja lange nicht gesehen. Ich hoffe unsere Gartengestaltung sagt Ihnen zu, das war ein hartes Stück Arbeit, kann ich Ihnen sagen. Die Moose auf den Platten waren ziemlich hartnäckig und wir mussten zahlreiche Mittel ausprobieren, bevor eines anschlug. Aber die Wahl der Bepflanzung fiel leicht, die Hornveilchen waren gerade im Sonderangebot, die Astern haben wir auf unserem Balkon selbst gezüchtet und der optimalen Feuchte des Bodens wegen bot sich die Matteucia struthiopteris an, der Gemeine Deutsche…"

Wollmann ließ mit halbem Ohr die folgenden botanischen Erläuterungen über sich ergehen, schwor sich insgeheim, seine Terrasse nicht mehr zu betreten, und hielt weiter nach Neuhaas Ausschau. Da war er ja, stand vor einem der Bilder ähnlich positioniert wie in der Broschüre. Seine Frau, ein Marilyn-Monroe-Verschnitt, flirtete angeregt mit dem Oberbürgermeister und ließ sich ins großzügig freigelegte Dekolleté blicken.

„Falls Sie deswegen Probleme mit Insekten bekommen sollten, wir haben da eine Chemikalie entwickelt, die man problemlos mit Cremes mischen kann. So wie in unserem After-Sun. Völlig harmlos, außer man…"

Wollmann unterbrach ihr Geschwafel nur ungern, schob Wichtiges vor und eiste sich los. Keine zehn Schritte weiter kam erneut Herr Schönfärber angerollt.

„Das ist phantastisch", raunte er Wollmann zu.

„Ich kann die Bilder selbst kaum auseinander halten. Und übrigens", er zerrte Wollmann mit festem Griff an seinem knittrigen Jacken-Kragen zu sich herunter, „ich habe über einen Mittelsmann die Galerie Leineweber erworben. Der Junior hat keine Ahnung, dass ich der Käufer bin, und das soll bitte auch so bleiben. Ich bin möglicherweise sein Vater, müssen Sie wissen. Auch wenn er mein Talent leider nicht geerbt hat. Sehr schade. Er hat so viel Geld in mich und die Fälschungen investiert und durch den Verlust der unbezahlten zweiten Bilderstaffel so wenig wieder hereinbekommen. Das konnte ich nicht auf mir sitzen lassen. Übrigens habe ich Rita am Tage ihres Todes in der Galerie aufgesucht, wenngleich ich da noch nichts vom Verbleib meiner Bilder ahnte. Sie wirkte sehr nervös. Sie schien mir Besuch zu erwarten, den sie nicht gerne empfangen wollte." Er zog Wollmann abrupt noch tiefer zu sich herunter und brach ihm, da er sich auf der Rollstuhllehne aufstützen musste, fast die Hand. „Ist das nicht Ihre Nachbarin?", keuchte er mit einem eisigen Blick in Richtung Frau Milde, die ein angeregtes Schwätzchen mit einer lokalen Sportgröße hielt. „Ja, wieso?" Wollmann kämpfte mit dem Gleichgewicht, als ihn Schönfärber losließ und er in seine senkrechte Position zurückschnellte.

„Ich muss dringend telefonieren", erklärte Schönfärber knapp, riss ein Handy aus seiner Jackentasche und rollte einhändig von dannen. Wollmann nahm sich fest vor, über Kreisläufe und Zufälle im Leben später einmal in aller Ruhe und Intensität nachzudenken, jetzt rückte er seine Krawatte zurecht und setzte den Marsch in Richtung Neuhaas fort.

Der Bauherr beantwortete gerade gelassen und selbstgefällig die harmlosen Fragen der Reporter.

„Natürlich habe ich eine Menge Geld in den Bau und in die Bilder gesteckt, aber ich verdanke dieser Stadt ja auch meine jetzige Position ... Die Bilder habe ich in jahrelanger Sammeltätigkeit zusammengetragen ... Ich habe mich schon sehr früh für den Expressionismus, seine Künstler und ihre Schicksale interessiert ..."

Wollmann wurde fast schlecht angesichts von so viel Verlogenheit und nervös hielt er nach Lina Ausschau, die er jedoch nirgendwo entdecken konnte. Verdammt, gerade jetzt hätte er ihre Unterstützung gut gebrauchen können. Hoffentlich war sie nicht umgekippt und brauchte seine Hilfe.

Er kämpfte sich bis auf drei Meter an Neuhaas heran und unterbrach seinen Redeschwall mit der Frage: „Herr Neuhaas, können Sie mit Bestimmtheit sagen, dass es sich bei den hier ausgestellten Bildern durchweg um Originale handelt?"

Einige der Kameras und Blitzlichter drehten sich in Wollmanns Richtung. Neuhaas lächelte und schien Wollmann nicht zu erkennen.

„Natürlich handelt es sich hier ausschließlich um Originale. Die Echtheit wurde von Herrn Doktor Milde geprüft und bestätigt."

Die Blicke wanderten in Richtung eines dünnen, hochgewachsenen Mannes um die siebzig, der einer kleinen Menschenmenge gerade die Komposition eines der Bilder in leichtfüßigen Worten ans Herz legte.

Wollmann wollte verblüfft zu einer zweiten Frage ansetzen, aber Neuhaas wanderte samt Pulk bereits zu einem nächsten Bild und fing selbst an, zu interpretieren. Nur eine der Reporterinnen mit Fotokamera blieb bei Wollmann stehen.

„Haben Sie den Verdacht, dass es sich hier um Fälschungen handeln könnte, Herr …"

Sie hielt ihm ein altmodisches Aufnahmegerät direkt unter die Nase.

„Wollmann, Max Wollmann", erklärte er, inzwischen abgelenkt, da er Lina erspäht hatte.

„Ja, das denke ich in der Tat. Bitte entschuldigen Sie mich." Die einmalige Gelegenheit ungenutzt verstreichen lassend eilte er zu Lina, die sich suchend umsah. Die Reporterin blickt ihm enttäuscht nach, machte aber vorsichtshalber ein Foto von ihm, als er sich zusammen mit Lina kurz in ihre Richtung drehte.

„Hat es geklappt?", fragte Lina sofort.

„Der Mensch ist durch nichts zu irritieren", knurrte Wollmann. „Und die Presse hängt an seinen Lippen wie ein dressiertes Schoßhündchen. Und dieser Milde ist sein künstlerischer Berater, das ist doch nicht zu fassen. Schönfärber scheint allem Anschein nach nicht gut auf Mildes zu sprechen zu sein. Was immer davon nun wieder zu halten ist. Ich befürchte, wir müssen Plan B in die Tat umsetzen."

Lina verstand nur Bahnhof und bot ihm ein gefülltes Sektglas an, das sie zwecks Bekämpfung ihres niedrigen Blutdruckes hatte ergattern können.

Wollmann stürzte sein Sprudelwasser in einem Zug herunter und biss aggressiv in das dazugehörige Lachsbrötchen. Der Fisch war versalzen und der Sekt lauwarm. Lina stellte beides angewidert auf den nächstbesten Tisch.

„Ich hoffe bloß, dass wir eine Möglichkeit finden werden, auf die Party zu kommen."

„Das hoffe ich auch". Wollmann nickte kauend und biss erneut zu. Bei ihm hatte auch versalzener Lachs nichts zu lachen.

Die Fortsetzung der Bauunternehmer-Selbstinszenierung war für den Abend in seinem privaten Luxusdomizil in Zehlendorf angesetzt. Die Pressekonferenz ging um 13 Uhr offiziell zu Ende, danach hatten die normalsterblichen Bürger bereits Eintritt erlangen können, was sie an diesem Tag nicht allzu weidlich ausnutzten. Vielleicht lag es an den recht happigen Eintrittspreisen, die abschreckten, oder daran, dass vorab keine Informationen über die Ausstellung an die Öffentlichkeit gedrungen waren und somit auch kein Interesse hatte geweckt werden können. Möglicherweise hielt sich auch ein Großteil der Stadtbewohner im Olympiastadion auf, um sich ein wichtiges Bundesligaspiel anzusehen.

Neuhaas machte sich darüber keine Sorgen, während sein Chauffeur den Weg zu seinem Privathaus einschlug. Seine Angetraute schmiegte sich an ihn und schnurrte.

„Du warst einfach großartig, Bärchen, spätestens Montag sind wir in allen Zeitungen und Fernsehkanälen.

Die Eröffnung war so ein Erfolg und alle haben mein Kleid bewundert."

„Ja." Neuhaas gönnte sich ein Glas Whisky und genoss seinen Triumph stillschweigend. Dieses kleine Mäuschen neben ihm war nicht das richtige Publikum für seine hochgeistigen Reden, das wäre hier jetzt Verschwendung gewesen. Sie sah zwar hübsch aus und im Bett war sie auch sehr willig, aber der IQ tendierte eindeutig gegen null. In ein paar Jahren würde er Unsummen für plastische Chirurgie ausgeben müssen, um die Ersatzteile, die sie bereits in und an sich trug, zu erneuern. Er sollte sich so bald wie möglich nach etwas Neuem umsehen. Diese große Brünette mit dem aufreizenden grünen Kleid, die ihm bei der Eröffnung auffällig oft zugelächelt hatte und die nur einen unscheinbaren Begleiter hatte aufweisen können … Vielleicht kam sie ja heute Abend auch. Er musste jetzt in anspruchsvolleren Kategorien denken. Jetzt, wo ihm die Öffentlichkeit zu Füßen lag. Er lächelte kalt und malte sich genüsslich bevorstehende Berichterstattungen und Fernsehinterviews aus.

Die Party in Neuhaas' Anwesen begann um 20 Uhr. Eine fünfköpfige Band dudelte leise und beständig neueste Hits und altbewährte Klassiker vor sich hin. In ihren schwarzen Anzügen und makellos weißen Hemden unterschieden sich die Musiker nur minimal von den Gästen. Bekannte, Freunde und solche, die vorgaben, es zu sein, umschwänzelten Neuhaas und beglückwünschten ihn überschwänglich. Gegen 21 Uhr sah Neuhaas die Brünette vom Vormittag heranschweben. Sie hatte sich umgezogen und steckte nun in einem rasanten weißen Abendkleid, das selbst bei Neuhaas, der durch die Eskapaden seiner Frau relativ abgehärtet war,

Speichelfluss im Mund auslöste. Er wollte sich ihr bereits unauffällig nähern, als sie von selbst zielstrebig auf ihn zusteuerte. Neuhaas sah sich unauffällig um und konnte sein Glück kaum fassen. Die Brünette, die er auf Ende zwanzig schätzte, stand mit atemberaubenden grünen Augen, einem vollen sinnlichen Mund und einem leeren Sektglas vor ihm.

„Ich suche die Bar, können Sie mir bei der Suche helfen?"

Und dann noch diese rauchige Stimme. Neuhaas war hin und weg, hakte sich bei ihr ein und schleuste sie zur Theke. Er hatte ihr gerade von seinem besten Champagner eingegossen, als ihn aus dem Nichts mit schwacher Stimme Heinrich Auer ansprach.

„Ich halte das nicht mehr aus, Egbert, wir fliegen bestimmt bald auf."

Auf die Party zu kommen, erwies sich für Lina und Wollmann leichter als erwartet. Zwar schreckten am Haupteingang vier Sicherheitsmänner ab, die jede Einladungskarte unter Schwarzlicht begutachteten, die Presse abwimmelten und alle Gäste unauffällig nach Waffen abpiepsten, aber der Partyservice lieferte um 22 Uhr neue Häppchen an und nutzte dazu einen nur nachlässig bewachten Seiteneingang. Wollmann griff sich beim Durchqueren des Tores eines der Objekte mit Kaviar-Dekoration und steckte sich als Reserve noch ein Stück Zwiebelbaguette in die Hosentasche.

Unter den mehr als 200 Partygästen Neuhaas ausfindig zu machen, erwies sich als schwieriger. Nach einer halben Stunde Suche quer über die weitläufige Haus- und Gartenanlage gab das Detektivgespann erst mal auf und bediente sich ohne schlechtes Gewissen am reichhaltigen Getränkeangebot, das mit dem schlaffen

Prickelwasser im Museum kaum zu vergleichen war. Als die Band einen aktuellen Charthit anstimmte, zerrte Lina den sich sträubenden Wollmann auf die Tanzfläche.

„Ich kann überhaupt nicht tanzen", flüsterte er panisch, aber Lina lachte nur und ließ ihre Hüften kreisen. Mehr schlecht als recht hielt Wollmann mit.

Bevor Lina die Gelegenheit nutzen konnte, ihn mit einem Tango der Lächerlichkeit preiszugeben, erblickte er Wilbert und Torben, die sich am Rand des hell erleuchteten Swimmingpools herum drückten.

„Was machen die beiden hier? Ich dachte, sie hatten ausdrücklich nicht vorgehabt zu kommen", wunderte sich Lina ebenso wie Wollmann.

„Ich hoffe, die zwei machen keine Dummheiten." Wollmann balancierte in einem Anflug von Wahnsinn auf den erhöhten Fliesenpoldern über das Wasser zum gegenüberliegenden Poolufer, während Lina die rutschfeste Einfassung des Beckens bevorzugte.

„Herr Wollmann!" Torben Leineweber stand der Schreck ins Gesicht geschrieben, als sich der Detektiv mit nassen Hosenschlägen vor ihm aufbaute.

Auch Wilbert Neuhaas drehte sich um.

„Frau Stolze!"

„Was machen Sie hier?", wollte Lina wissen.

Wilbert rührte verlegen in seinem Ananasverzierten Cocktail.

„Er hat gesagt, wenn ich nicht erscheine, enterbt er mich. Vor den Medien müssten wir die heile Familie spielen, heilige Scheiße ist das. Ich meine", wehrte er gleich ab, „nicht, dass mich seine Kohle auch nur annähernd interessieren würde, aber die Sache mit dem Museum ist wirklich der Höhepunkt seiner Unverschämtheiten."

„Ich werde ihn heute vor allen Leuten zur Rede stellen", überraschte Torben und nestelte nervös an einigen Rüschen seines Hemdes herum.

„Das werden Sie schön bleiben lassen", verbat sich Wollmann. „Das war nicht abgemacht."

„Sie können mir das nicht untersagen", erwiderte Torben trotzig.

„Ich kann Ihnen nur davon abraten, Herr Leineweber, überlassen Sie das lieber uns. Sie bezahlen uns schließlich dafür."

Wilbert hakte sich bei seinem Freund unter.

„Eigentlich hat er Recht, Torben. Herr Wollmann ist doch erfahren in so etwas, wir sollten ihm das überlassen."

Torben kämpfte mit sich.

„Ich weiß nicht …"

„Aber ich", erklärte Wollmann entschlossen.

„Haben Sie Ihren Vater gesehen? Wir suchen ihn bereits seit über einer Stunde."

Wilbert schüttelte den Kopf.

„Ich kann Ihnen nicht sagen, wo er steckt. Ich dachte, er wollte hier eine seiner weiteren Reden schwingen, aber vielleicht vergnügt er sich lieber mit seinem Betthäschen von Frau."

„Wir werden ihn schon finden." Wollmann griff sich Lina und steuerte in Richtung Haus. Im pseudo-avantgardistischen Wohnzimmer ließen sie sich auf einer weißen, unglaublich riesigen Sitzlandschaft nieder, um ihre Blicke über die Gäste schweifen zu lassen. Unvermutet tauchte bei Wollmanns die halluzinative Vorstellung eines Wischmopps auf. Und tatsächlich, keine drei Meter von ihm entfernt stand der unrühmliche Politiker und starrte ihn wie hypnotisiert an. Wollmann prostete ihm mit seinem Sektglas lächelnd zu, worauf der Vertreter des Volkes rot anlief und sowohl sich als auch seine protestierende Begleiterin umgehend aus dem Bannkreis der Gefahr entfernte.

Egbert Neuhaas musste die unverhoffte Eroberung derweil bei der erstbesten Sitzgelegenheit abliefern und auf später vertrösten, bevor er einen panischen Auer in sein Arbeitszimmer zerren konnte.

„Was willst du von mir, du Idiot? Verdirb mir nicht den Abend!", raunzte er unwillig.

„Wir werden auffliegen, Egbert, ich weiß das", jammerte Auer und klammerte sich an dem Whisky fest, den ihm Neuhaas ungefragt in die Hand gedrückt hatte.

„Wir werden gar nichts. Die Eröffnung der Sammlung, meiner Sammlung, heute war ein voller Erfolg. Die Leute lieben mich und mein Museum."

Neuhaas wies zum Garten auf eine wogende Gästemasse, die sich ausgelassen zu Sambarhythmen bewegte.

„Es gibt da etwas, dass ich dir noch nicht erzählt habe."

Auer fingerte nervös an seinem Glas herum.

„Und was?" Neuhaas bezog Position an einem der Fenster und nahm seine Gäste belustigt in Augenschein.

„Vor etwa zwei Monaten war so ein Mann bei mir, der einen Pflegefall bei uns einquartieren wollte. Er hat mich gefragt, warum ich damals die Privatklinik schließen musste."

„Ja und, was hast du gesagt?" Abgelenkt beobachtete Neuhaas, wie eine Frau erfolglos dagegen ankämpfte, ins Wasser geworfen zu werden. Die Party strebte ihrem ersten Höhepunkt entgegen.

„Nichts. Zum Glück kam Anna gerade ins Zimmer."

Der Arzt lockerte seine Krawatte und wischte sich den Schweiß von der Stirn. In der Ferne vernahm man Gewittergrollen.

„Ziemlich schwül heute, oder?", stellte Neuhaas trocken fest und schaltete seine Klimaanlage ein.

„Warum regst du dich auf? Die Polizei hat mich wegen Rita kaum befragt und bei dir im Stift waren sie nicht, oder?"

„Doch", gab Auer kleinlaut zu.

„Wie, bitte?" Neuhaas beugte sich zu ihm hinunter. „Warum weiß ich das nicht?"

„Sie haben meinen Namen aus Ritas Karteikasten. Weil ich doch mal ein Bild für Anna bei ihr gekauft habe, war ich als Kunde registriert."

Neuhaas rückte von ihm ab. „Dann war es doch nur eine Routineüberprüfung. Dasselbe wie bei mir."

„Na ja." Auer rückte tiefer in den Sessel. „Anna hatte noch einen Schlüssel von Ritas Wohnung. Den hatte sie ihr mal gegeben, für den Fall, dass sie ihren verlegt. Sie waren ja eigentlich ganz gute Freundinnen …"

„Komm zur Sache."

„Nachdem du angerufen hast, um uns zu sagen, was mit Rita passiert ist, fuhr Anna los und kam mit Ritas privatem Adressbuch zurück. Sie meinte, ihre privaten Verbindungen gingen die Polizei nichts an."

„Kluges Mädchen." Neuhaas begann gelangweilt auf seinem Schreibtisch herumzutrommeln.

Auer schluckte. „Ich habe das Adressbuch anonym an die Polizei geschickt, nachdem ich unsere Seiten herausgerissen habe. Ich habe es nur mit Handschuhen angefasst und vorher abgewischt!"

Neuhaas lief rot an. „Bist du von allen guten Geistern verlassen? Anna denkt ja schon für euch beide mit, aber gegen deine Blödheit kommt sie natürlich nicht an!"

Auer senkte den Blick. „Hängt sie in irgendwas mit drin?"

„Sie leitet deine Klinik, Heinrich. Was glaubst du?" Neuhaas verdrehte die Augen.

Der Arzt schwieg.

„Was ist also das Problem?"

Neuhaas goss ihm noch einen Whisky nach und ließ Eis dazu plumpsen.

„Ich weiß nicht, ich habe einfach ein ungutes Gefühl. Da kommt noch was, Egbert, ich spüre das."

„Papperlapp! Du bist ein Angsthase. Deine Probleme mit der Steuerhinterziehung habe ich doch auch prima in den Griff gekriegt, oder nicht?"

„Ja", presste Auer hervor.

„Dafür habe ich jetzt eine offizielle Leiche bei mir sitzen."

„Die mit falschem Namen und gefälschten Papieren ausgestattet ist, unter Rinderwahn leidet und wahrscheinlich bald den Löffel abgeben wird. Meine Güte, Heinrich, der kratzt sowieso demnächst ab. Oder sollen wir das ein wenig beschleunigen?", fragte Neuhaas lauernd.

Auer wich zurück.

„Um Himmelswillen, nein! Ich meine nur, das belastet mich nervlich, ich kann schon gar nicht mehr richtig schlafen, seitdem Rita tot ist."

Neuhaas fixierte ihn scharf.

„Du denkst doch nicht etwa, ich hätte Rita umgebracht?"

Auer sah ihn entsetzt an.

„Hast du?"

„Natürlich nicht!"

Es klopfte und die schöne Brünette steckte ihren entzückenden Kopf zur Tür hinein.

„Ach, hier sind Sie, Herr Neuhaas. Wenn Sie mich noch lange warten lassen, verlasse ich Ihre Party!"

Neuhaas knipste augenblicklich ein Lächeln an und nickte Auer zu.

„Mein Freund wollte sowieso gerade gehen, kommen Sie doch bitte herein."

Auer stand auf, schlich mit hängenden Schultern zur Tür und wollte gerade hinaus, als Torben und Wilbert ihn zurück ins Zimmer drängten, gefolgt von einem leicht atemlosen Wollmann und einer Lina, die gerade noch ihr Kleid an sich ziehen konnte, bevor ihr Chef die Tür hinter ihr zuwarf.

Stiefelknecht knetete nervös seine Hände. Er war zwar nur Gast bei der geplanten Aktion, aber Neuhaas war schließlich noch immer der Hauptverdächtige in seinem Fall und Dubek hatte für ihn seine guten Beziehungen zu Manfred Bergmeister spielen lassen. Mit dürren Worten war er von Bergmeister, dem Leiter des Betrugsdezernats, über den Einsatz informiert worden. Soundsoviel Leute auf dem Gelände, soundsoviel außerhalb, geplanter Zugriff dann und dann. Jetzt saß Stiefelknecht mit in einem der Einsatzwagen in der Nähe der Neuhaas-Villa und machte sich Sorgen um Max und seine Mitarbeiterin Lina, die ahnungslos auf dieser Party herumliefen und geradezu dafür prädestiniert zu sein schienen, irgendwelche Dummheiten zu begehen. In Stiefelknechts Überlegungen hinein schoben sich unerwartet die unangenehmen Warntöne einer Alarmanlage, die sich lautstark in der Nachbarschaft bemerkbar machte. Bevor Stiefelknecht sich aufregen konnte, leisteten Bergmeisters Leute ganze Arbeit. Das Heulen war innerhalb von Minuten abgestellt, die zuständigen Wachdienste von einem Fehlalarm unterrichtet und der Dieb, der glaubte, den Trubel bei Neuhaas für seine Zwecke ausnutzen zu können, war sofort geständig. Er hatte bereits in zwei weiteren Häusern der Umgebung abgeräumt, bevor ihm der Fehler mit der Alarmanlage unterlaufen war.

Er gestand gleich eine Reihe weiterer Einbrüche in der Stadt aus den letzten Monaten. Stiefelknecht besah sich kopfschüttelnd die hastig zusammengestellte Liste, nachdem der Einbrecher von Kollegen knapp verhört und vorläufig unter Stiefelknechts Aufsicht belassen worden war. Der stutzte bei einer ihm durchaus bekannten Adresse, die gleich zweimal auftauchte. Na wunderbar, er hatte das Vertrauen von Max schon so weit eingebüßt, dass dieser ihm noch nicht mal mehr zwei einfache Einbrüche meldete.

Stiefelknechts Augen wurden noch größer. In die Galerie Leineweber war der Typ auch eingestiegen, das war ja höchst interessant. Jetzt hatte nicht nur Dubek, der bereits informiert war und mit wehenden Fahnen herbeieilte, seine Einbruchserie höchstwahrscheinlich gelöst, auch der Fall Leineweber bekam neue Impulse.

„Ich hätte da noch ein paar Fragen an Sie", raunzte Stiefelknecht dem Ertappten, der fasziniert die Überwachungselektronik des Kleinbusses in Augenschein genommen hatte, zu. Martin Stehgreif senkte seine Augen schuldbewusst und gleichzeitig schwer beeindruckt von dem Betrieb um ihn herum.

„Ich wusste nicht, dass die Polizei jetzt in so großem Stil auf Einbrecherjagd geht."

„Tun wir auch nicht", erwiderte Stiefelknecht unfreundlich.

„Sie sind hier mitten in eine andere Sache geraten und kommen völlig ungelegen."

„Andererseits", Stiefelknecht betrachtete das Blatt mit der Auflistung, „könnten Sie durchaus hilfreich für mich sein."

Auer starrte Wollmann verwirrt an.

„Sie waren doch, Sie haben doch …"

„Ich habe Sie nach den Gründen für die Schließung Ihrer Privatklinik gefragt, das ist richtig." Wollmann legte den Kopf schief.

Auer rang nach Luft und Neuhaas nahm Wollmann näher in Augenschein.

„Sie und Ihre Begleiterin, Sie sind doch auch bei mir gewesen und haben versucht, mich auszuhorchen. Millionenschweres Bauprojekt, dass ich nicht lache!"

Er zündete sich eine Zigarette an und blies den Rauch augenzwinkernd in Richtung der Brünetten, die keine Miene verzog.

„Mein missratener Sohn samt Freundin, ein alter Möchtegern-Freund, ein Privatschnüffler und zwei schöne Frauen. Was für eine amüsante Zusammensetzung. Was machen wir jetzt, Hula tanzen? Draußen steigt eine Party, meine Damen und meine Herren. Ich bin der Gastgeber und sollte mich mal wieder blicken lassen."

Er steuerte gemächlich auf die einzige Tür des Zimmers zu, aber Wollmann versperrte ihm den Weg.

„Ich hätte da noch ein paar Fragen an Sie, Herr Neuhaas."

„Ach ja, im Museum heute Morgen haben Sie mich ja auch genervt", stellte Neuhaas fest und blies auch ihm den Qualm ins Gesicht. Wollmann hüstelte. Er hatte das Rauchen vor Jahren aufgegeben.

„Lassen Sie mich jetzt raus hier oder muss ich erst die Polizei verständigen?"

„Nichts lieber als das", schnaufte Torben. „Dann können sie dich gleich wegen Mordes festnehmen."

„Ach, darum geht's." Neuhaas ging zurück zu seinem ledernen Bürosessel und machte es sich erneut bequem.

„Ein kleines Kreuzverhör soll das werden, dann legt mal los."

Unbeeindruckt von Neuhaas' Kooperationsbereitschaft räusperte sich Wollmann.

„1988 haben Sie Urlaub in der Provence gemacht und in einem dortigen Krankenhaus einen Herrn Öttinger, seinen Vater Karl Steinhauer und die Haushälterin der beiden Herren, Elvira Seelbach, kennen gelernt. Die drei hatten einen Autounfall und Sie, damals noch Anwalt, hielten sich wegen einer Lappalie zur selben Zeit zufällig im gleichen Krankenhaus auf. Weil Sie der französischen Sprache relativ mächtig sind, halfen Sie Herrn Öttinger bei den Formalitäten. Natürlich hofften Sie auf ein kleines Honorar für Ihre Dienste. Die Bilder, die Sie in Steinhauers Wohnung bei einem Besuch zwecks Honorareintreibung erblickten, brachten Sie jedoch auf eine ganz andere Idee. Um sich abzusichern, nahmen Sie einen befreundeten Kunstsachverständigen zum nächsten Termin mit. Später wurde Karl Steinhauer, den es bei dem Unfall am schlimmsten erwischt hatte, wenngleich in keiner Weise so, dass man von einem kritischen Zustand sprechen konnte, in die Privatklinik eines gewissen Heinrich Auer eingeliefert."

An dieser Stelle warf Wollmann dem Arzt einen kurzen Blick zu, der diesem unversehens den Angstschweiß auf die Stirn trieb.

„Wo Steinhauer angeblich ziemlich überraschend einige Zeit später verstarb. Nun wissen wir aber von der Haushälterin, dass Karl Steinhauer gar nicht tot, sondern unter dem Namen Karl Meier noch quicklebendig unter den Lebenden weilt und sich in einem Seniorenheim namens Haus Herzensglück befindet. Dieses Haus wiederum steht, wie der Zufall es so will, erneut unter der Leitung eines gewissen Heinrich Auer."

„Neuhaas hat mich erpresst", stieß Auer augenblicklich hervor. „Er wollte weitere Details der Steuerhinterziehung melden, wenn ich nicht dafür sorgen würde, dass Steinhauer für tot erklärt und versteckt werden würde. Ich habe ihn dann in das Stift geholt, als mir die Leitung übertragen wurde. Vorher hatten wir ihn mit gefälschten Papieren in einem hessischen Altenheim untergebracht."

Neuhaas warf seinem unfreiwilligen Komplizen giftige Blicke zu.

„Was erzählst du da für einen Mist, Heinrich! Ich weiß gar nicht, wovon du redest!"

„Was hinderte Sie daran, die Erpressung publik zu machen, nachdem Sie wegen der Steuerhinterziehung bereits verurteilt worden waren und Neuhaas nichts mehr gegen Sie in der Hand hatte?", fragte Wollmann unbeirrt weiter.

„Was denken Sie? Mein Ruf als Arzt wäre ruiniert gewesen. Ich hätte niemals wieder eine Arztstelle oder eine leitende Position erhalten, zumindest nicht hier in Deutschland, und in irgendein unzivilisiertes Buschkrankenhaus wollte ich nun auch nicht", verteidigte sich Auer.

„Ach, hören Sie auf!", fuhr in Lina an. „Ihr Ruf war mit der Steuerhinterziehung bereits genug ruiniert und

Ihre jetzige Stellung verdanken Sie alleine heiratspolitischen Erwägungen."

Auer schien einer Herzattacke nahe und stürzte seinen restlichen, inzwischen stark verwässerten Whisky hinunter, während Neuhaas gelangweilt an seiner Zigarette lutschte.

„Ich kann Ihnen sagen, warum Herr Auer eine Erpressung, an der ich natürlich nicht beteiligt war, niemals öffentlich gemacht hätte. Seine Gattin Anna hätte sofort die Scheidung eingereicht, weil sie nämlich eines auf den Tod nicht ausstehen kann: Feiglinge!"

Der Bauunternehmer blies Rauchkringel in Richtung des Mediziners und beugte sich vor.

„Und ahnst du, woher ich das weiß, Heinrich? Sie hat es mir selbst gesagt, zärtlich ins Ohr geflüstert sozusagen."

Auer lief krebsrot an und sprang auf.

„Du Schwein, du mieses, ich wusste, dass man dir nicht trauen kann, ich bringe dich um, du Hurenbock!"

Wilbert und Torben kämpften ihn zurück in seinen Sitz und Lina legte ihm die Hand auf die Schulter.

„Er will Sie doch nur provozieren."

Auer schwieg, aber man sah, wie es in ihm brodelte.

Neuhaas legte seine Beine auf den Schreibtisch und ließ sich auf die neuwertigen Ledersohlen seiner handgefertigten Schuhe blicken.

„Was habe ich denn nun eigentlich mit der ganzen Sache zu tun, Monsieur Poirot?"

„Dazu kommen wir gleich." Wollmann begann, im Zimmer auf und ab zu laufen.

„Torben Leineweber, der Freund Ihres Sohnes Wilbert, arbeitet ebenfalls im Seniorenstift. Seine Mutter, mit der Sie früher mal eine Liaison hatten, besaß, wie wohl allgemein bekannt ist, eine Galerie und verkaufte Ihnen ab und an Bilder für Ihre Sammlung."

„Dem kann ich bedenkenlos zustimmen", erwiderte Neuhaas.

„Leider lief die Galerie nicht gut, so dass Torben und Ihr Sohn Wilbert einen folgenschweren Entschluss fassten, nämlich Bilder des Malers Karl Steinhauer, dessen Nachlass Sie nach seinem angeblichen Tod im Jahre 1988 erworben hatten, fälschen zu lassen und Ihnen über die ahnungslose Frau Leinweber zuzuspielen."

„Ich besitze keine Fälschungen", erwiderte Neuhaas scharf und sah seinen Sohn wütend an. „Das können Sie sich von Dr. Milde bestätigen lassen."

Lina wiegte abschätzig ihren Kopf. „Wenn Sie sich die Mühe machen würden, die Biographie von Herrn Dietmar Milde nachzuprüfen, wird Ihnen auffallen, dass die ausländischen Universitäten, an denen er angeblich studiert haben will, gar nicht existieren, geschweige denn je eine Dissertation von ihm veröffentlicht wurde."

Neuhaas stellte seine Füße zurück auf den Boden.

„Man muss nicht unbedingt studiert haben, um Experte auf einem Gebiet zu werden. Dietmar Milde beschäftigt sich schon seit Jahrzehnten mit Kunst. Er hat damit gehandelt und versichert jetzt Kunstwerke. Das kann man wohl als vertrauenswürdig ansehen."

Wollmann schüttelte den Kopf.

„Schieben Sie es nicht auf diesen Kerl ab. Die Versicherungsbetrügereien, die er am Laufen hat, sind gerade dabei, aufzufliegen!"

Neuhaas schwieg und Wollmann knackte mit seinen Fingern.

„Sie haben Frau Leineweber eine erste Lieferung von Steinhauers Bildern abgekauft, die zweite Staffel haben Sie mitgehen lassen, nachdem Sie sie tot auf ihrem Schreibtisch zurückgelassen hatten, oder lebte sie da etwa noch?"

„Ich habe Rita nicht umgebracht", zischte Neuhaas und drückte seine halbaufgerauchte Zigarette mit vor Wut weiß hervortretenden Fingerknöcheln in der dafür vorgesehenen flachen Steinschale aus.

„Ja, wir haben uns an dem Tag gestritten, an dem sie starb, und ja, ich habe sie ein bisschen hart angefasst, da ist sie plötzlich zusammengesackt und mit der Stirn auf die Schreibtischkante geschlagen. Das war ein Unfall, mehr nicht. Wir hatten eine mündliche Vereinbarung über die zweite Lieferung, sie gehörte mir. Warum hätte ich sie nicht mitnehmen sollen?"

Rasant stürmte Torben an den Schreibtisch und fegte ungeniert eine teure Leselampe samt dem unersetzlichen Unikat von Aschenbecher zu Boden.

„Du Schwein, du lügst! Du hast sie umgebracht, weil sie bekannt machen wollte, dass die Bilder Fälschungen waren, das hätte deine ganze verdammte Sammlung in Verruf gebracht. Aber es sind hundertprozentige Fälschungen, alle 27 Stück. Nie für die Öffentlichkeit bestimmt, weil wir", er wies auf Wilbert und sich, „sie in Auftrag gegeben haben, verstehst du? Wir können beweisen, dass es Kopien sind, bei jedem einzelnen verfluchten Bild!"

Wilbert zog Torben aus der Gefahrenzone und baute sich an seiner Stelle vor seinem Senior auf.

„Ja, Vater, er hat Recht, es sind Fälschungen. Dein ganzes blödes Museum ist eine einzige Lüge. Dein guter Ruf ist ruiniert!"

Er grinste hämisch.

Wollmann hakte gelassen nach.

„Warum haben Sie eigentlich die Unterkunft für Herrn Steinhauer bezahlt? Und warum haben Sie Ihre Anwaltstätigkeit aufgegeben?"

Neuhaas sah Wollmann aus schmalen Augen an, blähte seine Nasenflügel, griff im Zeitlupentempo in eine seiner Schreibtischschubladen und hatte plötzlich eine Waffe in der Hand. Auer stöhnte gequält auf, Torben und Wilbert blickten mehr als irritiert, Lina sah Wollmann fragend an und die Dame im weißen Kleid räusperte sich laut und vernehmlich. Wollmann nahm sie erst jetzt bewusst wahr. Prompt breitete sich ein Gefühl von Déjà-vu in ihm aus. Er hatte diese Frau schon mal gesehen, aber er kam einfach nicht darauf, wann und wo. Da war irgendetwas über ihrem rechten Auge, das ihm bekannt vorkam. Unbedacht machte er einen Schritt vorwärts, um sie besser betrachten zu können. Prompt zielte Neuhaas' Waffe auf seine Nase. „Bleiben Sie da stehen." Gehorsam trat Wollmann an seine Ausgangsposition zurück.

Neuhaas entspannte sich wieder.

„Mein Dasein als Anwalt langweilte mich schlicht und ergreifend zu Tode. Außerdem war ich es leid, mich weiterhin mit so weinerlichen Waschlappen wie Heinrich Auer abgeben zu müssen. Das Baugeschäft war eine Herausforderung, wesentlich spannender und außerdem um einiges lukrativer. Was Steinhauer angeht, so hatte ich die Hoffnung, dass sich der alte Knabe noch mal als nützlich erweisen könnte. Sentimentaler Fehler, wie ich jetzt weiß. Natürlich war mir klar, dass die plötzlich auftauchenden Bilder nicht ganz koscher sein konnten, aber eigentlich war mir das egal."

Neuhaas wandte sich an Wilbert.

„Das mit den Bildern ist die erste wirklich beachtliche Leistung, die du in deinem bisher so jämmerlichen Leben vollbracht hast, Sohn."

Wilbert wurde grau im Gesicht und wandte sich zähneknirschend ab.

Neuhaas fixierte erneut die Runde.

„Wissen Sie, was Leidenschaft ist? Ich hatte immer den Traum, mir irgendwann einmal ein Denkmal zu setzen. Die Bilder waren nur Mittel zum Zweck, sie waren ein absolut glücklicher Zufall, die einmalige Möglichkeit, meinen Wunsch zu verwirklichen. Ich habe mich aus armseligsten Verhältnissen hochgearbeitet und mir immer eins geschworen: Irgendwann wirst du deine eigene Fluglinie besitzen oder dein eigenes Museum!"

Seine Augen glänzten fiebrig.

„Wen interessiert es, ob im Museum Fälschungen hängen? Die Menschen werden es lieben, genauso wie sie mich lieben."

Mit einer plötzlichen Bewegung riss er die Brünette an sich und hielt ihr die Waffe an den Kopf.

„Meinen Traum wird mir keiner nehmen, niemand!!!"

„Herr Neuhaas", versuchte Wollmann ihn zu beschwichtigen. „Machen Sie jetzt keine unüberlegten Sachen. Wenn Sie Frau Leineweber nicht umgebracht haben, lässt sich das doch beweisen, es wird sich alles aufklären."

„Vater", mischte sich nun auch Wilbert ein, „das war eine Dummheit mit den Bildern, aber das kann unter uns bliben, das muss niemand wissen."

„Ihr werdet mir mein Museum nicht wegnehmen!!!", brüllte Neuhaas und zog seine Geisel mit sich zur Tür.

Lina zuckte zusammen und klammerte sich an Wollmann fest.

Im gleichen Moment sprang die Tür auf und Neuhaas' Gattin betrat leichtfüßig und voller Elan den Raum.

„Bärchen, bist du hier? Die Gäste vermissen dich schon."

Dann ging alles sehr schnell. Der Ex-Anwalt riss eine Angetraute in das Zimmer, zerrte seine Geisel mit sich hinaus und verbarrikadierte die Tür von außen mit einem Stuhl. Wollmann stürzte ans Fenster, aber es stand weder ein hilfreicher Baum noch eine Leiter an der Wand, um ihm die Flucht von der zweiten Etage auf den Rasen schmackhaft zu machen. Noch bevor einer der überraschten Eingesperrten daran dachte, zum Telefon zu greifen, fiel im Haus ein Schuss. Die Menge im Garten geriet in Panik, warf sich flach auf den Boden oder lief unkoordiniert durcheinander.

Ein zweiter Schuss folgte. Dann rannten plötzlich von überall her schwarz gekleidete, behelmte und bewaffnete Männer auf das Haus zu. Sirenen heulten. An den Fensterscheiben des Büros hingen alle Eingeschlossenen träge wie Fische im Wasserglas mit offenen Mündern an den Scheiben und taten keinen Mucks. In der Ferne grollte Donner und ganz in der Nähe zuckten erste Blitze.

Eine Ewigkeit später, wie es schien, führte man Neuhaas in Handschellen ab, ungläubig begafft von seinen Partygästen. Die fluchende Brünette wurde von einem Sanitäter gestützt. Ihr Arm war verletzt, das Kleid wies rote Spritzer auf. Dann setzte der Regen ein und die Masse flüchtete ins Haus. Als Stiefelknecht durch den Regen rannte, riss Wollmann endlich das Fenster auf und brüllte: „Rolf, wir sind hier oben!"

Stiefelknecht drehte sich suchend um, nickte ihm dann zu und verschwand ebenfalls im Haus. Weil er das Fenster wieder schloss, entging Wollmann, dass auch das Ehepaar Milde, das ihm auf dem Gelände noch gar nicht aufgefallen war, in Handschellen abgeführt wurde. Zwei Minuten später öffnete sich die Tür und hilfsbereite, vermummte Staatsdiener strömten ins Zimmer. „Irgendwer verletzt?", erkundigte sich Stiefelknecht mit einem kritischen Blick auf Wollmann und Lina. Als dies verneint wurde, scheuchte er alle Anwesenden nach unten.

„Mit dir", drohte er Wollmann, „habe ich noch zu reden, Max." Dann verließ auch er das Zimmer.

Wollmann stützte sich auf die breite Fensterbank und schnaufte.

„Auf diese Wendung war ich nicht gefasst."

Lina starrte wie festgewachsen aus dem Fenster.

„Alles in Ordnung mit Ihnen, Lina?"

Er umfasste ihre Schultern.

„Oh. Natürlich. Alles in Ordnung."

Sie fröstelte kurz und griff in ihre Handtasche.

„Ich habe da noch was für dich."

„Vielleicht sollten wir erst mal runter gehen, Stiefelknecht braucht uns sicher noch." Wollmann wühlte in seinen Hosentaschen und zog das zerknautschte Zwiebelbaguette hervor. Angewidert warf er das Nahrungsmittel auf den Schreibtisch und wischte sich die Hände am Polsterbezug des Schreibtischsessels ab.

Lina hielt ihm einen gebundenen Packen Seiten hin und wartete.

Erst jetzt wurde Wollmann bewusst, dass sie ihn geduzt hatte. Verwundert sah er sie an.

„Was ist das?" Als Lina nur grinste, nahm er das Manuskript und las:

„Karl Steinhauer und Otto Schönfärber. Eine Symbiose der besonderen Art. Beiträge zur aktuellen Fälschungslandschaft in Deutschland. Doktorarbeit des Kunsthistorischen Instituts der Freien Universität Berlin, vorgelegt von Lina Stolze."

„Sie muss jetzt natürlich an einigen Stellen noch mal überarbeitet werden, bevor ich sie abgeben kann, aber im Großen und Ganzen…"

Wollmann erwachte aus seiner Erstarrung und zog Lina beherzt an sich.

Stiefelknecht fand die beiden später nach langem Suchen im Gartenhäuschen, zwischen Hacken, Schaufeln und Blumentöpfen, auf ausgebreiteten Gartenstuhlbezügen, vermutlich nur spärlich bekleidet, aber immerhin mit zwei großen Badelaken bedeckt, selig schlummernd und eng umschlungen vor. Er schloss leise die Tür, warf einen Blick in den jetzt wieder klaren Nachthimmel und schlich über einen schmatzenden Rasen vom Grundstück. Die Aufklärung der Einbrüche war wohl das Letzte, was Wollmann zurzeit interessierte.

Tatsächlich hatte Stehgreif bei allen von ihm begangenen Einbrüchen für einen einzigen Auftraggeber gearbeitet, für das Ehepaar Milde. Er hatte ausspioniert, wo es Kunst zu holen gab bzw. wo sich ein Versicherungsbetrug lohnen könnte. Das „vorgefundene" Bargeld hatte er als Belohnung behalten dürfen. In die Galerie Leineweber hatten Stehgreif dagegen nur gute Absichten geführt. Er hatte einen Teil seines bis dato hart erworbenen Geldes in holde Kunst anlegen wollen, die Galerie mittags zwar offen vorgefunden, aber ohne Aufsicht, und der Versuchung, die Kasse näher in Augenschein zu nehmen, einfach nicht widerstehen können, wie er lakonisch berichtete. Als er Stimmen hörte, die sich vom Lager eine Treppe höher näherten, hatte er sich auf dem Klo versteckt, von wo aus er das Büro im Auge behalten konnte. Er hatte ein Streitgespräch zwischen „Egbert" und „Rita" mitgehört, das sich um die Gemälde Steinhauers drehte und damit endete, dass Neuhaas Frau Leineweber mit behandschuhten Händen an die ungeschützte Gurgel griff.

„Er rief ständig ‚Meinen Traum macht mir niemand kaputt!' und schüttelte die Frau heftig hin und her", schilderte Stehgreif seine Erlebnisse.

„Schließlich schlug er sie ohne Vorwarnung mit dem Kopf gegen den Schreibtisch und sie fiel zu Boden. Ich war ganz schön geschockt, kann ich Ihnen sagen. Der Typ ließ sie einfach liegen, wühlte im Safe herum, den sie vorher geöffnet hatte, und zog mit einer Rolle unterm Arm durch eine Hintertür davon. Den Ausgang hatte ich vorher gar nicht gesehen und ich wollte gerade den gleichen Fluchtweg nehmen, als dann noch so eine blonde Tussi auftauchte, ohrenbetäubend schrie, als sie die Tote sah, und gleich wieder raus rannte. Dann konnte ich mich endlich aus dem Staub machen."

„Warum haben Sie keinen Krankenwagen gerufen?" wollte Stiefelknecht wissen.

„Mann, die war eindeutig tot, da war nix mehr zu retten."

„Sie hätten wenigstens die Polizei informieren können."

„Ruft der Pfarrer nach dem Teufel?"

Stehgreif schien den Ernst der Lage nicht ganz zu erfassen und Stiefelknecht juckte es gewaltig in den Fingern.

„Sie können von Glück sagen, dass Sie ein wichtiger Zeuge sind!", drohte er und Stehgreif schwieg eingeschnappt. Weitere Fragen ließ er unbeantwortet und beharrte auf einem Anwalt.

Stiefelknecht fröstelte. Es hatte sich abgekühlt durch das Gewitter. Achtlos ließ er ein Bonbonpapier in Neuhaas' verwaisten Swimmingpool schweben und strebte zum Auto. Irgendwie schien es doch noch zu klappen mit dem glänzenden Abschluss seiner Laufbahn.

Epilog

Wenn Wollmann später an die Sache zurückdachte, musste er noch immer den Kopf schütteln. Es war kein Wunder, dass Stiefelknecht ihn aus der Sache hatte raushalten wollen, wenn man bedachte, was Neuhaas außer dem Mord an Rita Leineweber noch so alles vorgeworfen wurde und weswegen eine Spezialeinheit ihn und einige weitere Verdächtige seit mehr als einem Jahr im Visier gehabt hatte. Die bis dato erfolgten Ermittlungen hatten bisher wohl nur die Spitze des Eisberges zu Tage gefördert. Steuerhinterziehung in mehrstelliger Millionenhöhe im In- und Ausland, Schwarzarbeit im großen Stil sowie Bestechung bei Bauaufträgen, die bis ins Bundesministerium reichten. Welche weiterreichenden Folgen die Verhaftung von Neuhaas nach sich ziehen würde, blieb abzuwarten.

Die Story, die Rolf ihm in Bezug auf die brünette Frau im weißen Kleid auftischte, die den Unternehmer gezielt überwältigte, nachdem er erst ihren Arm und anschließend ein Spanferkel angeschossen hatte, gab Wollmann den Rest. Stiefelknecht hatte ihm gesteckt, dass es sich hierbei eigentlich um eine BKA-Beamtin handelte, die Neuhaas inkognito überwacht hatte. Wollmann hatte seinen Freund bei diesen Ausführungen ungläubig angesehen.

„Das ist ja albern, Rolf. Das klingt ja wie der Plot aus einem schlechten James-Bond-Film."

„Keineswegs!", hatte Stiefelknecht mit undurchdringlicher Miene erwidert.

„Aber das ist streng vertraulich, also komm nicht auf die Idee, irgendwelche Pferde scheu zu machen. Das könnte mich meine hart erarbeitete Pension kosten."

Monatelang schien die weitere Existenz des Museums ungewiss. Bereits einen Tag nach seiner Eröffnung war es wieder geschlossen worden, aber die Einwohner der Stadt protestierten lauthals gegen diese Unterdrückung ihres Museums, das bereits fester Bestandteil der Kulturszene geworden zu sein schien. Vermutlich hing das mit der allgemeinen Sensationslust zusammen, denn natürlich wollte jeder dieses Museum inspizieren, dessen Besitzer einsaß.

Auch Auer würde sich für seine Taten vor Gericht verantworten müssen, wenngleich die Öffnung des angeblichen Sarges von Karl Steinhauer nur modrige Luft und einen durchfeuchteten Sandsack zum Vorschein brachte. Stadt, Land und Bund stellten einen Teil der von Neuhaas unterschlagenen Steuern sowie eigene Kulturmittel für den weiteren Unterhalt des Museums, das immerhin knapp einem Dutzend Menschen Arbeit bot, in Aussicht und Lina wurde kurzfristig für die Betreuung der Sammlung eingesetzt, bis sich ein erfahrener Leiter für das Museum finden würde.

Linas Recherchen und den säuberlich geführten Listen eines Berliner Nazi-Archivs aus dem Jahre 1933 zufolge waren die Bilder Steinhauers, die nun als Repliken im Museum hingen, bis auf wenige Ausnahmen im gleichen Jahr vernichtet worden. Die Bilder Schönfärbers und Steinhauers wurden in einer zweiten Ausstellung unter dem Titel „Original und Fälschung" erneut dem Publikum vorgestellt.

Eine Anklage gegen Torben, Wilbert und Schönfärber wurde im Hinblick auf die aufklärende Funktion der Ausstellung fallengelassen. Die Sammlung zog eine stattliche Anzahl von Besuchern an, auch wenn die Kassierer und Verkäufer im Museumsshop irgendwann allergisch auf Fragen nach einer Biografie von Egbert Neuhaas reagierten.

Schönfärber bot man die Stelle eines Experten in einer monatlichen TV-Kunstshow an, was er jedoch ablehnte zugunsten einer Ehrenmitgliedschaft in dem zur Verwaltung der Finanzen des Museums neu gegründeten Stiftungsverein. Außerdem zog er aus dem Seniorenstift aus und führt nun Rita Leinewebers Galerie weiter, um jungen aufstrebenden Talenten erste Ausstellungen zu ermöglichen. Über fälschende Tätigkeiten seinerseits ist derzeit nichts bekannt.

Während Steinhauer von all dem Rummel, der sich um ihn abspielte, nichts mitbekam, pickte Öttinger während einer Besichtigung gelegentlich kraftlos nach den Bildern und erging sich in wirren Beschimpfungen. Frau Seelbach wurde in einer stillen Minute von Lina eine Aquarellskizze überreicht, die sie gerührt in Empfang nahm und an ihr Herz drückte.

Neuhaas' Gattin reichte fix die Scheidung ein, kassierte einen ziemlichen Batzen Geld aus dem Verkauf einiger ihr zustehender Immobilien und zog überraschenderweise zusammen mit Wilberts Mutter nach Biarritz, wo beide bis heute erfolgreich ein exklusives Schmuckgeschäft führen.

Martin Stehgreif dagegen muss einige Zeit warten, bevor ihm Auslandsreisen wieder gestattet sein werden. Ebenso wie das Ehepaar Milde, in dessen Haus gestohlene Kunstwerke in großem Umfang sichergestellt wurden. Die meisten Objekte konnten dank der gespeicherten Adressdaten aus ihrem Kunstversicherungsgewerbe zurückgegeben werden. Lediglich drei wohl in den 70er Jahren replizierte Picassos konnten nicht zugeordnet werden und verschwanden auf ungeklärte Weise aus der Asservatenkammer.

Wollmann betrat eines schönen Tages die Schließfachabteilung einer Berliner Bank und nahm von dort 12 Leinwände und eine Skizzenmappe mit nach Hause. Die Bescheinigung mit dem Text „*Liquidation der Galerie und Antiquitätenhandlung Schmitz und Schmitz, bis 23.03.1938 geführt durch das jüdische Ehepaar Lovis Schmitz und Sahra Schmitz, geb. Stein. Übernahme der Räumlichkeiten sowie sämtlicher Kunstgegenstände (auch im Depot) in der Mommsenstr. 12, Berlin-Charlottenburg durch den Kunsthändler Ernst-Otto von Velten mit der Erlaubnis der Weiterveräußerung*", das Foto, das seine Großeltern vor der Kunsthandlung zeigte und die Leinwände verstaute er sorgfältig in einer Papprohre, legte die Mappe mit den Zeichnungen gut geschützt in einen Karton, verzichtete auf die Nennung eines Absenders und brachte alles zur Post.

Lina fand eines Morgens einen Brief in ihrem und Wollmanns gemeinsamen Briefkasten. Er lautete folgendermaßen:

Sehr geehrter Herr Wollmann, sehr geehrtes Fräulein Lina,

wie ich bei meinem letzten Besuch am Samstag im Haus Herzensglück erfahren musste, ist Herr Steinhauer bereits vor einer Woche verstorben. Nachdem ich ihn so unerwartet wiedergefunden hatte, war der erneute Verlust umso schmerzhafter, zumal sein Sohn mehr Last als Stütze ist. Immerhin habe ich jetzt das Zepter bei ihm in der Hand und manchmal habe ich das Gefühl, er fühlt sich ganz wohl damit, weiterhin so bemuttert zu werden und nicht mehr die Kommandos geben zu müssen. Weswegen ich Ihnen aber eigentlich schreibe, ist ein Tagebuch, das mir das Stift überlassen hat. Es war eines der wenigen persönlichen Dinge, die

Herr Steinhauer überhaupt noch im Heim besaß. Ich habe nicht die Kraft, es zu lesen, aber vielleicht ist es für Fräulein Lina und das Museum von Interesse, denn soweit ich es überblicke, stammen die Aufzeichnungen aus den Jahren 1930 bis 1938 und die Verfasserin ist keine Geringere als Steinhauers Frau Elfriede. Vielleicht findet sich ja ein Platz im Museum dafür, jetzt, wo ja auch noch Originale von ihm gefunden wurden.

*Herzlichst
Ihre
Elvira Seelbach*

Nachwort:

Das Buch wurde inspiriert durch den Skandal um gefälschte Alexej von Jawlensky Gemälde im Essener Folkwang-Museum 1998. Fast zehn Jahre später zeigte das Picasso-Museum in Münster in Zusammenarbeit mit dem LKA Baden-Württemberg Arbeiten von Dalí, Miró und Picasso im Original und als Kunstfälschungen unter dem Titel „Wa(h)re Lügen". Der Fund expressionistischer Skulpturen bei Ausgrabungen vor dem Berliner Roten Rathaus 2010 birgt Möglichkeiten, das ein oder andere verloren geglaubte Kunstwerk aus der Zeit des Dritten Reiches wieder zu finden. Die Verurteilung des „Jahrhundert"-Fälschers Wolfgang Beltracchis in 2011 beweist wie leicht der Kunstmarkt mit Fälschungen zu beeindrucken ist.

Im Rahmen des Berliner Themenjahres 2013 „Zerstörte Vielfalt" sei auf die Ausstellung „Kunst in Berlin 1933-1938 – Verfemt. Verfolgt. Verboten", Berlinische Galerie, mit meinen Recherchen hinweisen:

Uwe Fleckner (Hrsg.): Angriff auf die Avantgarde. Kunst und Kunstpolitik im Nationalsozialismus (Schriften der Forschungsstelle „Entartete Kunst", Berlin) Berlin 2007.

Ausstellungskatalog „Gute Geschäfte. Kunsthandel in Berlin 1933-1945", Aktives Museum, Berlin 2011.

Ausstellung „Kunst in Berlin 1933-1938. Verfemt. Verfolgt. Verboten", Berlinische Galerie 30.01. – 12.08.2013, Berlin.